刘洋 ◎ 编著

少年读古诗词

意志 | 坚强 | 磨炼

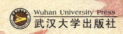

Wuhan University Press
武汉大学出版社

图书在版编目（CIP）数据

少年读古诗词.磨炼坚强意志/刘洋编著.—武汉：武汉大学出版社，
2020.6

ISBN 978-7-307-21474-3

Ⅰ.少… Ⅱ.刘… Ⅲ.古典诗歌－诗歌欣赏－中国－少儿读物
Ⅳ.I207.2-49

中国版本图书馆CIP数据核字（2020）第073320号

责任编辑：黄朝昉　孟令玲　　　责任校对：牟　丹　　　版式设计：晴晨时代

出版发行：**武汉大学出版社**　（430072　武昌　珞珈山）

（电子邮箱：cbs22@whu.edu.cn 网址：www.wdp.com.cn）

印刷：天津东辰丰彩印刷有限公司

开本：710×1000　1/16　　　印张：9　　　字数：60千字

版次：2020年6月第1版　　　2020年6月第1次印刷

ISBN 978-7-307-21474-3　　　定价：32.00元

序

　　学生要获得全面优质的发展，就需要在德智体美劳等各方面都花时间下功夫。但是，孩子们没有时间。因为教师和家长对孩子课堂学习成绩的高期望，导致过重的课业负担挤占了孩子们大量的时间。怎么办？提前学还是提高学习效率？或是采取其他方式？

　　我们认为应该做到"融合"。在编撰本书时，我们立足于让孩子欣赏最美古诗词，培养孩子优秀的性格品质；同时既能够帮助孩子做好课内的学习，也能做好知识拓展；帮助孩子提高背诵古诗词、赏析古诗词的能力和作文能力，达成应试教育与素质培养两不误。所以，我们编选古诗词的原则是，以部编版中小学课本的古诗词为基础，通过赏析与讲解，让孩子巩固课堂所学，使孩子学有所思，也可以作为提前预习古诗词之用。在此基础上，本书扩充了更多的古诗词。扩充的古诗词都是围绕主题进行编排的，比如，在以传统节日——春节为主题的分类下，选编了王安石的《元日》，又扩充了辛弃疾的《青玉案·元夕》，让孩子在同一个情境下，更深刻地体会古诗词的意境，并积累海量素材，促进写作能力的提高。

少年读古诗词，能使孩子在古诗词中感受奋发向上的人生，铺垫人生底色，积蓄生命力量。

目录

龚自珍 （1792—1841 年），字璱人，号定盦。仁和（今浙江省杭州市）人。晚年定居昆山羽琌山馆，又号羽琌山民。清代思想家、诗人、文学家。曾任内阁中书、宗人府主事和礼部主事等职。主张变法改革，祛除弊政，抵制外国侵略，对林则徐禁除鸦片一事持全力支持的态度。49 岁卒于江苏丹阳云阳书院。龚自珍的诗文主张"更法""改图"，对清统治者的腐朽统治有一定程度的揭露，爱国热情可见一斑，被柳亚子誉为"三百年来第一流"。龚自珍留存下来的文章达300 余篇，诗词近 800 首，今人将其辑为《龚自珍全集》。龚自珍著名的诗作集为《己亥杂诗》，共 315 首，其内容多以咏怀和讽喻为主题。

奉献

己亥杂诗（其五）

❖（清）龚自珍

浩荡离愁①白日斜，
吟鞭②东指③即④天涯⑤。
落红⑥不是无情物，
化作春泥更护花⑦。

注释

①浩荡离愁：离别京都的愁思浩如水波，也指诗人心潮不平。

浩荡：无限。

②吟鞭：诗人的马鞭。

③东指：东方故里。

④即：到。

⑤天涯：指离别京都的距离。

⑥落红：落花。花朵以红色者为尊贵，因此落花又称为落红。

⑦花：比喻国家。

赏析

　　花谢花飞、落英缤纷，引起无数诗人的咏叹。当你看到校园或阳台上的花儿飘落，你是为它的谢落伤感呢，还是会天真地去数谢落的花瓣？你是否也有诗思的涌动？古代的诗人是怎样描写落花的呢？在晚清诗人龚自珍的笔下，落花被赋予了别样的价值和生命意义。快来一起看看吧。

　　晚清朝廷腐败，国势渐衰。48 岁的龚自珍对清朝统治者大失所望，毅然决然辞官回归故里，离别京都和诸多好友，愁肠百结。

　　"浩荡离愁白日斜，吟鞭东指即天涯。" "我"就要离开京都了，"我"离别的愁思浩如水波，骑在马上久久不愿离开。夕阳已渐渐西坠，更增添了"我"的愁思。不回家乡吧，官场黑暗、死气沉沉，留下又能做什么呢？ "我"终于将马鞭向东一挥，那瞬间的感觉就像人在天涯一般，从此"我"就离开了京都。

在回家乡的路途中，"我"的心情非常低落，想"我"龚自珍勤学苦读、空怀抱负，却无能力改变官场，只能回家乡教书，终老此生。此时道路两旁落花满地，现在的"我"不正像那落花吗？"我"仿佛从中领悟到了什么。"落红不是无情物，化作春泥更护花。"从枝头上飘落的花瓣，腐烂成泥，但它却不是无情之物，化成了春天的泥土，养育来年的春花。"我"虽然辞官归乡，不能在官场上施展才华，却正要到家乡去教书育人，把自己的知识和思想传给学生，以变革的热情和未来的憧憬启迪他们，为国为民尽自己的最后一点力量。"我"有如从枝头上掉下来的落花，虽然不如开在枝头灿烂，埋在泥土里却能够默默地培育下一代。

古代诗人描写落花，大多会感叹年华流逝，面对落花，唏嘘感叹。但龚自珍的"落红不是无情物，化作春泥更护花"，却赋予了落花不为独香而护花的无私奉献的高尚品格。诗人和落花的这种高尚品格不正值得我们学习吗？

蜂

❖（唐）罗　隐

不论平地与山尖①，
无限风光尽被占②。
采得百花成蜜后，
为谁辛苦为谁甜③？

注释

①山尖：山峰。

②占：占其所有。

③甜：醇香的蜂蜜。

赏析

　　蜂蜜甜甜罐里装，用手指头蘸一下，舔一舔，甜到了心窝窝，索性将手指头上的蜂蜜全吮吸进嘴巴里。用力一吮，闭上双眼，深呼吸，仿佛踩在云朵上，整个人轻飘飘的，像被风吹散的蒲公英，肆意地飞舞着。再使劲吮吸，身体猛然下坠，迅速跌落地面，指甲缝里的蜜汁都已吮尽，依稀还有唾液的痕迹……

　　提起蜂蜜，每一个爱好者都会用力咽口水，美妙的感觉不言而喻。而它的制造者——小蜜蜂，给我们的印象则是勤奋和忙碌的。无论是繁花似锦的春日，还是瓜果飘香的仲秋，总有小蜜蜂嗡嗡地围绕在我们的周围，若是你身上有香味，那你可能就要被小蜜蜂围住了。

　　无论高山抑或平地，小蜜蜂都占尽了风光，应该算是上帝的宠儿了吧！此时，诗人却提出了一个耐人寻味的问题：蜜蜂采尽百花酿成蜜，辛辛苦苦的劳作终于有了可喜的成果，这般辛劳到底又是为了谁呢？不劳而获的人们，尽享果实之际，是否对广大的劳苦人民产生过一丝的怜悯呢？甚是奇怪，诗人为何如此思虑呢？原来罗隐在进京应试的路上呢！七年都没能考上，本身就心灰意冷、垂头丧气了。路边田间的农人在辛勤地耕作着，朝廷的部分官员却坐享其成！凭什么呀？这一声叹息，着实引起了我们的反思。

古有颜回"一箪食，一瓢饮，在陋巷，人不堪其忧，回也不改其乐"，如今铺张浪费的行为却屡见不鲜。作为社会大家庭的一分子，我们也该向"小蜜蜂"致敬啦！不仅如此，作为教师，我觉得每个孩子都是一只"小蜜蜂"，而教师的职责便是为每一个蜂巢填满花蜜，得到的则是共享果实的甜蜜！

国家兴亡，匹夫有责——爱国报国之志

十一月四日风雨大作（其二）

❖（宋）陆　游

僵卧①孤村不自哀，
尚思为国戍轮台②。
夜阑③卧听风吹雨，
铁马④冰河⑤入梦来。

注释

①僵卧：躺卧不起。

②戍（shù）轮台：在新疆一带防守，这里指戍守边疆。

③夜阑（lán）：夜深。

④铁马：披着铁甲的战马。

⑤冰河：冰封的河流，指北方地区的河流。

　　从被朝廷罢官闲居家乡越州山阴乡村起，时间已经过去几年了。今年"我"已经68岁，到了冬天十一月，常常是感觉寒风刺骨。"我"虽然年迈多病，仍然心怀壮志，却不为朝廷所重用。

　　十一月四日这一天白天又阴了一整天，衰老多病的"我"穷居在孤寂荒凉的乡村里无所作为，像往常一样躺卧在床上。"僵卧孤村不自哀，尚思为国戍轮台。"但"我"并没有因此为自己的处境而感到悲哀，心中还想着替国家守卫边疆。我们可以试想一下，陆游此时已是年近七旬的老人，他一生问心无愧，对国家的前途和命运已经尽到了自己的责任，如今罢官闲居在家又年迈多病，正好颐养天年。但就是这样，老人仍有"为国戍轮台"的壮志，相比之下，那些投降的达官贵人和苟且偷生的人，显得多么渺小和可鄙。

　　"夜阑卧听风吹雨，铁马冰河入梦来。""我"就这样躺着，此时已是深夜时分，窗外风雨交加，"我"

躺在床上听那风雨的声音思绪万千，想"我"大宋王朝不也正处于风雨飘摇之中吗？"风吹雨"在这里也是对时局的写照，故诗人直到深夜尚难成眠。想"我"陆游年少之时心怀收复中原之志，中年入蜀进入军旅希望可以大展拳脚，无奈朝廷腐败，"我"屡被打击有志难伸。现"我"已年近七旬，收复中原空成梦。不知何时"我"昏沉沉地睡去，迷迷糊糊中梦见，"我"正骑着披着铁甲的战马，跨过那中原冰封的河流，冲向了敌军阵营……"我"是多么希望再入军旅，金戈铁马驰骋中原啊！

日有所思，夜有所梦。收复中原、为国雪耻，乃是陆游一生的心愿。诗人将一腔御敌之情化为梦境。想象一下七旬老人在梦境中骑着战马冲锋陷阵的情境，怎不让人肃然起敬、唏嘘扼腕！

木兰诗（节选）

❖ 北朝民歌

万里赴戎机^①，关山度若飞。
朔气^②传金柝^③，寒光^④照铁衣。
将军百战死，壮士十年归。

①戎机：军机，指战争。

②朔气：北方的寒气。

③金柝（tuò）：刁斗。古代军中用

的一种铁锅，白天用来做饭，晚上用来报更。

④寒光：冰冷的月光。

赏析

　　豫剧《花木兰》中有一段唱曲《谁说女子不如男》，赞颂了我国古代的巾帼英雄。中国古代的女英雄你能说出几个呢？花木兰、樊梨花、穆桂英、梁红玉，你都听闻过她们的英勇故事吗？这些女英雄有的是有历史记载的，有的则是文学艺术形象，但都已经融入了中国人的血脉，成为不让须眉的巾帼英雄。唱曲《谁说女子不如男》中的女英雄正是花木兰。

故事的由来是这样的：北魏时期，北方游牧民族柔然部落不断南下骚扰，北魏政权规定每家出一名男子上战场。但是木兰的父亲年事已高又体弱多病，无法随军出征，家中弟弟尚幼，所以，木兰决定替父从军，从而留下了木兰代父从军、保家卫国的佳话。我们想象一下，去边关打仗，对于很多男子来说都是艰苦的事情，而木兰既要隐瞒身份，又要与伙伴们一起杀敌，这就比一般从军的人更加艰难！

"万里赴戎机，关山度若飞。"木兰在准备好鞍马、辞别父母后，就跨上了战马，奔赴战场，家乡距离战场有万里之遥，木兰代父从军的决心却未曾动摇；一路的关隘和山峰也未能使木兰退却，木兰飞一般翻越过重重山峰。

"朔气传金柝，寒光照铁衣。"战场的环境十分艰

苦，北方的夜晚寒气袭人，远处传送着打更的声音，更增添了寒意，冰冷的月光映照着战士们的铠甲。

对抗入侵的战争十分惨烈。"将军百战死，壮士十年归。"将士们身经百战，有的为国捐躯，有的转战多年胜利归来。

寥寥数句的描写，仿佛使我们看到了木兰奔赴战场的矫健身影和征战沙场的飒爽英姿。花木兰保家卫国的英勇事迹代代相传，真是巾帼不让须眉。谁说女子不如男？

凉州词①二首（其一）

❖（唐）王　翰

葡萄美酒夜光杯②，
欲③饮琵琶④马上催⑤。
醉卧沙场⑥君⑦莫笑，
古来征战⑧几人回？

注释

①凉州词：唐乐府名，是《凉州曲》的唱词，属近代曲辞，盛唐时流行的一种曲调名。王翰写有《凉州词》两首；慷慨悲壮，广为流传。而这首《凉州词》被明代王世贞推为唐代七绝的压卷之作。

②夜光杯：用白玉制成的酒杯，光可照明，这里指华贵而精美的酒杯。据《海内十洲记》所载，夜光杯为周穆王时西胡所献之宝。

③欲：将要。

④琵琶：这里指作战时用来发出号角的声音时所用的乐器。

⑤催：催人出征，也有人解作鸣奏助兴。

⑥沙场：平坦空旷的沙地，古时多指战场。

⑦君：你。

⑧征战：打仗。

赏析

　　在读这首诗之前，想一想你在和亲朋好友聚会时是不是特别开心呢？你知道吗？在古代的军营中也偶尔会有这样的娱乐活动。这是将士们最开心的时候。

　　"葡萄美酒夜光杯，欲饮琵琶马上催。"酒筵上，甘醇的葡萄美酒在精美的夜光杯之中，看，这是多么华美的酒宴啊！葡萄美酒、珍贵的夜光杯，战士们正在开怀畅饮之时，一旁又有马背上的琵琶弹奏起来，仿佛催人出征。可以想象常年征战的将士少有这样放松的时候，边地荒寒艰苦的环境，紧张动荡的征戍生活，使得边塞将士很难得到一次欢聚的酒宴。有幸遇到那么一次，那激昂兴奋的情绪，那开怀痛饮、一醉方休的场面，是不难想象的。就让他们尽情娱乐吧！

　　欢饮、娱乐的时间毕竟是短暂的，想到即将跨马

奔赴沙场杀敌报国，战士们个个豪情满怀。今日一定要一醉方休，"醉卧沙场君莫笑，古来征战几人回？"怕什么，醉就醉吧，即使醉倒在战场上又何妨？你看古来征战有几人能生还呢？生命都是从战场上捡回来的，何况此次出征为国效力，本来就打算马革裹尸，没有准备活着回来。即便醉倒了，躺在沙场上，你也莫要取笑啊。

看啊！这就是国之将士，多么可敬的人。正是有了这些将士的视死如归、奋勇杀敌，百姓才能安居乐业。

王昌龄（？—约756年），字少伯，河东晋阳（今山西省太原市）人。盛唐著名边塞诗人，有"七绝圣手"之誉。王昌龄早年半耕半读，30岁进士及第，曾任秘书省校书郎、汜水尉等职，后因事被贬岭南，开元末返回长安，改授江宁丞一职。安史之乱中被刺史闾丘晓所杀。王昌龄与李白、高适、王维、王之涣、岑参等人交游甚厚。王昌龄擅长七言绝句，其诗风雄健浑厚，尤以登第前所作边塞诗最著，常在平常的主题中渗透深刻的思考。有文集六卷。《从军行七首》《出塞》《闺怨》等诗为其诗作的代表作品。

磨炼 坚强意志

出塞二首（其一）

❖（唐）王昌龄

秦时明月汉时关，
万里长征人未还。
但使①龙城飞将②在，
不教胡马③度阴山。

注释

①但使：只要。

②龙城飞将："龙城"指匈奴祭天集
会之地，"飞将"指汉"飞将军"李广。

③胡马：指侵扰内地的外族骑兵。

赏析

　　孩子是祖国的花朵，作为孩子的你们，生活在和
平的时代真幸福。但生活在古代中国，那时战争不断，

而战争又是很残酷的事。下面我们来看一首著名的边塞诗。

"秦时明月汉时关，万里长征人未还。"明月下，边关威严；边关遥遥万里，在这边关驻守的将士至今没有回来。"我"身处这边塞，感慨万千。这边关何曾是现在才有，这明月在秦汉之时就陪伴着驻守边关的将士。时间已经过去千年，征战仍然未断，仍然有外族不断入侵边关。这期间有多少儿男奔赴边关、战死沙场，留下多少悲剧。

遥想西汉之时，虽也有外族觊觎，但那时有"飞将军"李广在，外族无法入中原一步。李广是我国西汉时期的名将，曾经抗击来犯的匈奴，匈奴畏服，称之为"飞将军"，数年不敢来犯。现如今，外族又来侵犯边境，怎样才能解脱人民的困苦呢？"但使龙城飞将在，不教胡马度阴山。"当年的"飞将军"李广如果还健在，绝不会让胡人的骑兵跨过阴山。人们和战士多么渴望国家能有像"飞将军"李广那样的良将啊，希望朝廷能选拔、起任良将，早日平息边塞战事，让人民过上安定的生活。

文天祥（1236—1283 年），初名云孙，字宋瑞，又字履善，号文山。庐陵（今江西省吉安市）人。南宋末年政治家、文学家、爱国诗人、抗元名臣，与陆秀夫、张世杰并称"宋末三杰"。

宝祐四年（1256 年），文天祥中进士第一，祥兴元年（1278 年）十二月，文天祥在五坡岭（今广东省海丰县北）被俘，次年书《过零丁洋》诗以明志，公元 1283 年 1 月在大都（今北京）就义，终年 47 岁。文天祥的诗歌充满强烈的爱国主义情怀，其诗风慷慨激昂，用语平常却扣人心弦。著有《文山诗集》《指南录》《指南后录》《正气歌》等作品。

过零丁洋①

❖（宋）文天祥

辛苦遭逢②起一经③，干戈④寥落⑤四周星⑥。
山河破碎风飘絮，身世浮沉雨打萍。
惶恐滩⑦头说惶恐，零丁洋里叹零丁⑧。
人生自古谁无死？留取丹心⑨照汗青⑩。

注释

①零丁洋：伶仃洋，今广东省珠江口外。

②遭逢：遭遇。

③起一经：因为精通一种经书，通过科举考试而被朝廷起用做官。

④干戈：指抗元战争。

⑤寥（liáo）落：荒凉冷落。

⑥四周星：四周年。

⑦惶恐滩：在今江西省万安县，是赣江中的险滩。

⑧零丁：孤苦无依的样子。

⑨丹心：红心，比喻忠心。

⑩汗青：同汗竹，史册。

赏析

　　宋末的文天祥是著名抗元名臣，是一位具有民族气节的爱国英雄。我们快来一起看看他的英勇事迹吧。

　　宋末，文天祥与元军激战，兵败后被俘，他不屈服于元军的淫威，在感慨人生、国事之际，提笔写下了这首诗，以表心志。

　　"辛苦遭逢起一经，干戈寥落四周星。"想"我"文天祥十年寒窗，苦研经书，20岁考中状元，而蒙朝廷起用做官，参与抵抗元军的战争，不知不觉中，已经度过了四个春秋，战事也已经接近尾声，大宋几近灭亡。

　　"山河破碎风飘絮，身世浮沉雨打萍。"如今的大宋已经是山河破碎、风雨飘摇，犹如那风中飘絮，命运已难以挽回；而"我"兵败被俘，动荡不安的一生就像那雨打的浮萍。

　　"惶恐滩头说惶恐，零丁洋里叹零丁。""我"的妻子儿女现在也不知怎样了，想去年"我"在江西被元军打败，所率军队死伤惨重，妻子儿女也被元军俘虏，"我"率军撤退时经过惶恐滩，"我"的心境就犹如那惶恐滩般惶恐不安；而如今"我"兵败被俘，被囚禁在船上，此时正经过伶仃洋，"我"的处境又是如此的孤苦伶仃。

　　元军又逼迫"我"招降坚守崖山的宋军，心境的惶恐，处境的孤苦伶仃，元军的威逼，"我"是不是因此就屈服了呢？死又有何惧！"人生自古谁无死？留取丹心照汗青。"自古以来，人世间又有谁能免于一死？"我"只求留下一颗赤胆忠心，永远照耀在史册之上！此句使全诗气势为之一振，显示出文天祥舍生取义的气节和大义凛然的英雄气概。读之使人精神振奋、斗志昂扬，不愧为千古流传的名句，激励着无数的后来人。

坚强意志 磨炼

示 儿①

❖（宋）陆 游

死去元②知万事空，
但悲不见九州③同④。
王师⑤北定⑥中原⑦日，
家祭⑧无忘告乃翁⑨。

注释

①示儿：写给儿子们看。

②元：通"原"，本来。

③九州：这里代指宋代的中国。古代中国分
为九州，所以常用九州指代中国。

④同：统一。

⑤王师：指南宋朝廷的军队。

⑥北定：将北方平定。

⑦中原：指淮河以北被金人侵占的地区。

⑧家祭：祭祀家中先人。

⑨乃翁：你的父亲，指陆游自己。

赏析

　　无国哪有家？上小学不久，老师就会教我们学习"我是中国人"这几个字，从小培养我们的爱国意识。谈起爱国，你们知道在我国古代都有哪些爱国诗人吗？陆游就是其中具有代表性的一位。你如果了解历史，就能知道陆游生活的时期被称为"南宋"。所谓"南宋"是指当时淮河以北的宋朝国土都被金人侵占，只据守于淮河以南地区的宋朝政权。85岁的陆游一病不起，更是想念被金人占领的中原地区。

　　这一日，陆游躺在病榻上，自觉神思恍惚，将不久于人世。陆游一生为人慷慨豪爽，并不将生死放在心上，只是想到中原尚未收复，自己生前再也见不到祖国的统一了，不觉眼中滴下泪来，心头隐隐作痛。他转过头看看坐在床榻上的儿子，心头不觉又充满了一丝希望。于是唤儿子拿来纸笔，振作精神就于床榻之上用颤抖的手写下几行大字，写完后递与儿子。

　　陆游对儿子说道："我自己的身体我知道，我不久就要离开人世了。常言道'生死有命'，人都有生老病死，所以你们不要过于悲伤。人死之后本来就什么都没有了，我悲痛的只是我死前见不到中原统一了啊。

　　"但我相信我们朝廷的军队将来一定会收复中原的失地，这一天到来的时候，你们在祭祀家中先人的时候不要忘了将这个好消息告知你们的父亲我啊……"

　　陆游说完就离开了人世。这首《示儿》成了诗人的绝笔，也是他写给儿子们的遗嘱，寄托着诗人一生的心愿。短短的诗篇，极其朴素、平淡的语言，却蕴含、积蓄着深厚的情感，浓浓的爱国之情跃然纸上。读完这首诗，你被陆游的爱国热忱感染到了吗？

从军行七首（其四）

❖（唐）王昌龄

青海①长云②暗雪山③，
孤城④遥望玉门关⑤。
黄沙百战穿金甲，
不破楼兰⑥终不还。

注释

①青海：指青海湖，在今青海省境内。

②长云：层层浓云。

③雪山：祁连山，山巅终年积雪，所以称其为"雪山"。

④孤城：边塞古城。

⑤玉门关：在今甘肃省敦煌市西北。

⑥楼兰：汉时西域国名，即鄯善国，在今新疆维吾尔自治区鄯善县东南一带。

坚强意志

磨炼

你在和父母外出游玩时到过甘肃、青海或新疆吗？或者你的家乡就在那里？有人说，去一趟大西北，长不大的孩子会长大。那里有美丽的青海湖，有积雪终年不化的雪山，有一望无际的戈壁滩和沙漠。你可曾想到或听父母讲过这里在古代就属于中国的边塞地区？古诗词中常出现的"玉门关"就在现在甘肃省敦煌市的西北。现在让我们跟随诗人王昌龄一起光顾一下古老的关隘玉门关，慰问一下常年征战在外的将士吧。

青海湖的上空，弥漫着浓厚的云彩。湖的北面，隐隐地横亘着绵延千里的雪山——祁连山。越过雪山，矗立在荒漠中的是一座孤城，与孤城遥遥相对的便是那玉门关。玉门关这一古代兵家必争之地，常出现在边塞诗歌中。"孤城遥望玉门关"一句一下子就把我们带进了边塞那苦寒、将士奋勇杀敌的情境之中。

玉门关附近到处是大漠风沙，将士就常年征战在这里。"黄沙百战穿金甲"，将士常年在大漠风沙中征战，身上穿着的黄金甲都被磨穿了。我们从中不难想见将士战斗之艰苦、边地之荒凉，在那里肯定也有许许多多的将士牺牲而被黄沙掩埋了吧。

但是，黄金甲尽管被磨穿，将士的报国壮志却并没有消磨，而是在大漠风沙的磨炼中变得更加坚定。"不破楼兰终不还"，这是身经百战的将士发出的豪壮的誓言（此处的"楼兰"泛指唐朝时西北地区常常侵扰边境的少数民族政权）。

去一趟大西北，人会坚强几分，长不大的孩子也会长大。读完此诗，你会发现西北不仅有广袤的沙漠，有千年不朽的胡杨，还有戍边将士钢铁长城般的意志和奋勇杀敌的豪情。

李　贺（790—816 年），字长吉，河南福昌昌谷（今河南省洛阳市宜阳县）人。中唐浪漫主义诗人，是继屈原、李白之后，我国文学史上又一位杰出而伟大的浪漫主义诗人。李贺是"长吉体"诗歌的开创者，他所写的诗大多是诉说怀才不遇的郁闷，表达对理想、抱负的追求。李贺还有一些诗篇反映了藩镇割据、宦官专权和黎民百姓在残酷剥削下生存的艰难。李贺的诗作想象奇诡，构思精巧，经常使用神话传说来托古寓今，所以有"诗鬼"之誉。李贺一生不得志，孤苦抑郁，27 岁便英年早逝。著有《昌谷集》《神弦曲》《雁门太守行》等作品。

雁门太守行^①

❖（唐）李 贺

黑云^②压城城欲摧，甲光^③向日金鳞^④开。

角^⑤声满天秋色里，塞上燕脂^⑥凝夜紫^⑦。

半卷红旗临^⑧易水，霜重鼓寒^⑨声不起。

报^⑩君黄金台上意，提携玉龙^⑪为君^⑫死。

注释

①雁门太守行：古乐府曲调名。雁门，郡名。古雁门郡大约在今山西省西北部。

②黑云：形容战争烟尘铺天盖地，弥漫在边城附近，气氛十分紧张。

③甲光：铠甲迎着太阳闪出的光。甲，指铠甲、战衣。

④金鳞：像金色的鱼鳞。

⑤角：古代军中一种吹奏乐器，多用兽角制成，也指古代军中的号角。

⑥燕脂：胭脂，这里指暮色中塞上泥土有如胭脂凝成。

⑦凝夜紫：在暮色中呈现出暗紫色。凝，凝聚。"夜紫"，暗指战场血迹。

⑧临：逼近，到，临近。

⑨霜重鼓寒：天寒霜降，战鼓声沉闷而不响亮。

⑩报：报答。

⑪玉龙：宝剑的代称。

⑫君：君王。

赏析

　　中唐时期藩镇之间战火频繁，百姓苦不堪言。忧国忧民的诗人李贺，自然关心着各地的战事、百姓的生活。于是他离开京城，一路走一路瞧，路过山西一带的雁门郡时，写下了这首流传千古的诗篇。

　　首联既是写景又是叙事，成功地将敌军兵临城下的紧张气氛和危急形势渲染得淋漓尽致。一个"压"字，生动形象地写出了敌军人马众多、攻势猛急之势，以及敌众我寡、对比悬殊的不利处境，将城内的守军和城外的敌军进行对比。忽然，天气变幻，厚厚的云层中射出一缕阳光，将守城战士的甲衣照得金光闪闪、耀眼夺目。这里借日光描写守城将士整齐的阵容和高昂的士气。颔联分别从听觉和视觉两方面进一步渲染阴寒和悲切的战场气氛。"角声满天"就勾画出了战

争的规模。在诗人的笔下，虽然没有出现描写惨烈的战争场面的句子，却对双方收兵后战场上的景象做了简单但不失表现力的描写：战争从早上进行到晚上，红彤彤的晚霞映照着战场上那大片大片殷红的血迹。诗人通过营造这种浓厚凝重的气氛，来衬托战地的悲壮场面，交代了敌我双方均伤亡惨重的战况以及守城的将士处于不利的地位，为下文写援救做了铺垫。颈联中的"半卷"二字有其特殊含义，黑天行军，为的就是掩人耳目，"临易水"除了点明交战的地理位置，又暗示了将士们可能一去不回的报国之情。接下来是关于苦战的描写，援军一靠近敌军阵营，便投入了战斗中。可是夜寒霜重，战鼓怎么也擂不响，困难虽多，但将士们一点儿都不气馁。这可以从尾联中看出。尾联中的"黄金台"是战国时燕昭王修筑的，传说他曾把许多黄金放在台上，来表示自己招揽天下壮士的决心。诗人引用这个典故，写出了将士们报效朝廷的决心。

  读完这首诗，你的耳边是否响起了战鼓声，眼前浮现出了那一幅惨烈的战斗景象呢？

江城子①·密州出猎

❖（宋）苏 轼

　　老夫聊②发少年狂，左牵黄，右擎苍③，锦帽貂裘④，千骑卷平冈⑤。为报倾城随太守，亲射虎，看孙郎⑥。

　　酒酣胸胆尚开张⑦。鬓微霜，又何妨！持节云中，何日遣冯唐⑧？会⑨挽雕弓如满月，西北望，射天狼⑩。

注释

①江城子：词牌名。

②聊：暂且。

③苍：苍鹰。

④锦帽貂裘：头戴着华美鲜艳的帽子，身穿貂鼠皮衣。

⑤千骑卷平冈：千骑（jì），形容从骑之多。平冈，指山脊平坦处。形容马多而尘土飞扬。

⑥孙郎：三国时期东吴的孙权，这里是词人的自喻。

⑦酒酣胸胆尚开张：尽情畅饮，胸怀开阔，胆气豪壮。尚，更。

⑧持节云中，何日遣冯唐：朝廷何日派遣冯唐去云中郡赦免魏尚的罪呢？典出《史记·冯唐列传》。汉文帝时，魏尚为云中太守，后因多报杀敌数字六个，被削职。冯唐代为辩白，文帝派冯唐"持节"（带着传达圣旨的符节）去赦免魏尚的罪，让魏尚仍然担任云中郡太守。苏轼此时以魏尚自许，希望能得到朝廷的信任。节：兵符，带着传达命令的符节。

⑨会：应当。

⑩天狼：星名，一称犬星，旧说指侵掠，词中以之隐喻侵犯北宋边境的辽国与西夏。

赏析

我国已经禁止狩猎多年，我们无法亲身体会那种狩猎的场景，但我们可以跟随词人的脚步，走进他的狩猎场景。

本词的上阕是叙事，开篇就用"老夫聊发少年狂"，表现出了词人的出手不凡，一个"狂"字贯穿全词。接下来的四句写的是出猎的雄壮场面，让我们看看具体都写了什么。词人的左手牵着黄犬，右

臂上架着桀骜的苍鹰，随从打猎的人个个"锦帽貂
裘"，英姿勃发，这是一幅多么壮观的出猎场面啊！
为了报答全城百姓的盛意，词人是怎么做的呢？词
人说自己也要像当年射虎的孙权那般，一显身手。
这里词人以孙权自比，更显出他的"狂"来。

下阕是抒情，进一步写出了词人的"少年狂"。
"酒酣胸胆尚开张"，我们都知道苏轼是个豪放不羁
的人，这样的人再加上"酒酣"就更加显得他豪情
万丈。那么酒酣之后又该做什么了呢？接下来词人
倾诉了自己的雄心壮志，虽然年纪不小了，虽然鬓
角已经有了银丝，但他还是希望朝廷能像汉文帝派
冯唐持节赦免魏尚一样，对自己委以重任，到战场
杀敌。到那时，他将把弓拉得像十五的月亮那样圆，
狠狠地抗击敌人的侵扰。

这首词是苏轼的代表作之一，词中不仅写了出猎
之行，还抒发了词人兴国安邦的志向。这拓展了词的
境界，提高了词的品格，也多角度、多层次地从行动
和心理上表现出了词人那种爱国的豪气。

立志有英雄

南乡子①·登京口北固亭②有怀

❖（宋）辛弃疾

何处望③神州？满眼风光北固楼④。千古兴亡⑤多少事？悠悠⑥。不尽长江滚滚流。

年少⑦万兜鍪，坐断⑧东南战未休。天下英雄谁敌手⑨？曹刘。生子当如孙仲谋⑩。

注释

①南乡子：词牌名。

②北固亭：在今江苏省镇江市北固山上，下临长江，三面环水。

③望：眺望。

④北固楼：北固亭。

⑤兴亡：指国家兴衰，朝代更替。

⑥悠悠：形容漫长、久远。

⑦年少：年轻。指孙权19岁继父兄之业统治江东。

⑧坐断：坐镇，占据，割据。

⑨敌手：能力相当的对手。

⑩生子当如孙仲谋：曹操率领大军南下，见孙权的军队雄壮威武，喟然而叹："生子当如孙仲谋，刘景升儿子若豚犬耳。"

赏析

　　辛弃疾也是豪放派词人，我们在上首词中已经领略到了苏轼的豪放气势，同为豪放派的两个人在创作上会有什么不同之处呢？让我们阅读这首词吧。

　　这首词是以一个问句开始，这里的"神州"是指词人心心念念的中原地区，更是他梦中都想收复的地方。"兴亡"是指国家兴衰，朝代更替。再接着往下看，"北固楼"风景优美，可现在正是山河破碎、国家处于危难之中的时候，这对于忧国忧民的词人来说，哪里还有什么心情去驻足而观呢。词人接下来又是一句问话。他问道，古往今来，到底发生了多少国家兴亡的大事呢？随后，词人自己回答了，往事不堪回首，是成是败已是历史，只有这江水一直滚滚东流。"悠悠"叠词的运用，不仅暗示了时间过得漫长，同时道出了词人心中无尽的愁思和感慨，如这长江一般。"不尽长江滚滚流"这句不但写出了江水奔流不息的壮观气势，还形象生动地写出了由江水而产生的空间感和历史感。词人为了进一步推进这层意思，他第三次发问："天下英雄谁敌手？"而后又一次自问自答："曹刘"，说的便是曹操和刘备。在这首词里，词人把孙权写成了三国时代的第一英雄。这样写，实际上是在用孙权来感叹当今朝廷没有富有谋略的人可以执掌江山。词人在这里极力赞颂孙权还有一个原因是孙权"坐断东南"，这一点与南宋朝廷很是相像。所以说，词人极力赞颂孙权的无畏无惧，实则是对安于一隅的南宋朝廷的不满。最后，词人写道，生的儿子应该像孙权一样。从这一处可以看出词人既希望南宋有像孙权这样的人出现，同时也暗示了自己有着收复失地的迫切愿望和对南宋朝廷软弱无能的愤慨。

　　这首词三问三答，感人至深。词人的爱国之心和立志为英雄的情怀也跃然纸上，值得我们学习。

好男儿立志建功立业

破阵子·为陈同甫赋壮词 以寄之

❖（宋）辛弃疾

　　醉里挑灯①看剑，梦回吹角连营。八百里②分麾下③炙④，五十弦⑤翻⑥塞外声⑦，沙场秋点兵⑧。

　　马作⑨的卢飞快，弓如霹雳弦惊。了却君王天下事，赢得生前身后名。可怜⑩白发生！

注释

①挑灯：拨动灯火，点灯。

②八百里：《世说新语·汰侈》载：晋王恺有良牛，名"八百里驳"。以后诗词中多以"八百里"指牛。

③麾下：部下。

④炙：烤肉。

⑤五十弦：本指瑟，泛指乐器。

⑥翻：演奏。

⑦塞外声：以边塞作为题材的雄壮悲凉的军歌。

⑧沙场秋点兵：秋季在战场上检阅部队。沙场，战场。点兵，检阅军队。

⑨作：像，如。

⑩可怜：可惜。

赏析

　　辛弃疾一生的抱负是打败金人，收复失地，这和当时朝廷偏安求和的政策不同，所以他一直不受重用。词人借梦境写出了自己的理想以及对现实的无奈。

　　"醉里挑灯看剑"是说词人在醉眼惺忪中，还不忘杀敌的兵器，挑亮油灯，仔细端详自己的宝剑。"醉"字点出词人的豪迈之气，而"挑灯看剑"更展现出词人随时不忘杀敌的伟大抱负。"梦回吹角连营"写梦到出征前军容的壮盛，各个军营响起了一片号角声，正是召唤将士杀敌的前奏。"八百里分麾下炙，五十弦翻塞外声"，"八百里"原指一种名贵的牛，此处是说词人杀牛烤肉分给部下吃，很生动地描写出了词人犒赏军队、激励士气的景象，同时也表现出他不吝惜财物，能与官兵同甘共苦的品质。这时候军乐队奏起悲壮的边塞歌曲，更将战斗气氛提升到了极点。"沙场秋点兵"，秋天一片肃杀，在沙场上检阅部队，更显出部队的雄壮威武，杀气腾腾，战争一触即发。这写的都是词人心中的祈求和愿望，想象他带领军队抗金杀敌的情状。

"马作的卢飞快，弓如霹雳弦惊"，身下的坐骑的卢马急速奔驰，弓弦像迅雷一样发出响声。可以想见战争是多么的惨烈，将士是多么的勇敢！

"了却君王天下事，赢得生前身后名"，最后战争取得了胜利，完成了全国统一的大业，博得生前和死后的美名。

然而，这一切都只是梦境而已，都只是词人自己的想象而已。当时朝廷偏安求和，辛弃疾不受重用，况且词人白发已生，年事已高，这愿望恐怕再也无法实现了。因此，诗人一腔御敌之情化为了梦境。

岳 飞（1103—1142年），字鹏举，相州汤阴（今河南省汤阴县）人。南宋抗金名将，也是军事家、战略家、书法家、诗人，南宋"中兴四将"之首。岳飞20岁从军，先后参与、指挥大小战斗数百次，力主抗金。在宋金议和过程中，岳飞遭受秦桧等人诬陷入狱。公元1142年1月，岳飞与长子岳云、部将张宪一同遇害，宋孝宗时平反昭雪，追谥武穆，后又追谥忠武，封鄂王。岳飞不仅军事才能出众，其文才亦卓然，工诗词，是公认的豪放派词家，其代表作《满江红·写怀》更是千古传诵的爱国名篇，后人辑有《岳忠武王文集》传世。

满江红·写怀

❖（宋）岳 飞

怒发冲冠①，凭栏处、潇潇②雨歇。抬望眼，仰天长啸③，壮怀激烈。三十功名尘与土④，八千里路云和月⑤。莫等闲⑥、白了少年头，空悲切！

靖康耻⑦，犹未雪。臣子恨，何时灭？驾长车，踏破贺兰山⑧缺。壮志饥餐胡虏肉，笑谈渴饮匈奴血。待从头，收拾旧山河，朝天阙⑨。

注释

①怒发冲冠：形容愤怒至极。

②潇潇：形容雨势急骤。

③长啸：感情激动时撮口发出清而长的声音，

为古人的一种抒情举动。

④三十功名尘与土：年已三十，建立了一些功名，不过很微不足道。

⑤八千里路云和月：形容南征北战、路途遥远、披星戴月。

⑥等闲：轻易，随便。

⑦靖康耻：宋钦宗靖康二年（1127年），金兵攻陷汴京，掳走徽、钦二帝。

⑧贺兰山：贺兰山脉位于宁夏回族自治区与内蒙古自治区交界处。

⑨朝天阙：朝见皇帝。天阙，本指宫殿前的楼观，此指皇帝生活的地方。

赏析

　　岳飞是南宋抗金名将、抗金英雄，在他的带领下，南宋收复了大片失地。可由于奸臣陷害，失地尚未收复完，岳飞便被迫害致死。

　　从"怒发冲冠"到"仰天长啸"，这是词人在家中庭院里的情况，天上下着大雨，他看着雨。试想一下，这其实应该是种很惬意的景况，可词人此刻却是"怒发冲冠"，一句"仰天长啸"，说出了他精忠报国的急切心情。接下来的两句，词人把自己所追求的、所厌恶的全都说得清清楚楚，这表明了他高尚的人生观。

在这里，词人巧妙地运用了"尘与土""云和月"来表明观点，既形象又富有诗意。"莫等闲、白了少年头，空悲切"这两句话是接上面词句而写的，表达出了词人殷切期望能够早日为国家收复失地的心情，不能再等待了！它作为上阕的结束词，有力地表达出了词人急切的心情。

下阕一开始就写到"靖康耻……何时灭？"这两句为我们解答了上阕词人为什么要急切收复失地的原因。就是因为靖康之耻，这句词是全词的中心，也是过渡句，又把"驾长车，踏破贺兰山缺"给具体化了。从"驾长车"到"踏破贺兰山缺"都是运用了夸张的修辞手法来表达词人对敌人的愤恨之情，同时也表现出了他收复失地的信心和乐观精神。"待从头，收拾旧山河，朝天阙。"词人以此结尾，既表现出了自己对胜利的信心，也说出了自己对朝廷的忠诚之心。词人在这里并不直接说胜利，而是用了"收拾旧山河"，显得既有诗意又生动形象。

这首词感情激荡，气势磅礴，风格也十分豪放。其结构严谨，一气呵成，具有强烈的感染力。在抗战时期，还有人专门为其写谱，来鼓舞我军的士气呢。

李清照（1084—约1151年），号易安居士，齐州济南（今山东省济南市章丘区）人。宋代女词人，婉约词派代表。李清照出生于官宦家庭，早期生活优裕，作品多写其热爱自然、伤春愁别和闺阁生活；金兵入侵中原后，流寓南方，境遇孤苦，这时期创作的作品大多诉说飘零愁苦之情，抒发家国之痛。李清照善用白描的写作形式，语言清丽；亦能诗，但留存不多，部分篇章风骨豪迈，情辞慷慨，与其词风不同。著有《易安居士文集》《易安词》，已散佚。后人辑有《漱玉词》。今有《李清照集校注》。

夏日绝句

❖（宋）李清照

生当作人杰①，
死亦为鬼雄②。
至今思项羽，
不肯过江东③。

注释

①人杰：人中的豪杰。

②鬼雄：鬼中的英雄。

③江东：项羽当初随叔父项梁起兵的

地方。

赏析

　　李清照出身书香世家，丈夫赵明诚也非常有才，

她本有一个幸福、美满、令人羡慕的"神仙"家庭，

但谁能想到二十多年后，竟遇到金兵大举入侵中原，再后来她的丈夫也去世了。她因逃难而流浪各地，所以晚年过着孤苦悲凉的生活。

李清照想到，这一幕悲剧的形成，是由于宋朝君臣的昏庸懦弱，才被金兵打败，而丢掉了长江以北的大片江山。而更令她感到难过、悲愤的是宋朝皇帝跑到江南的杭州，另建皇宫，苟且偷安，不想收复失土。李清照认为这是一种没有骨气的作风，远不如楚汉相争时期的楚霸王项羽，不知那些人是否会感到羞愧。当年项羽在垓下被刘邦打败，退到乌江边时有人劝他回到江东去，好准备以后东山再起，但是项羽却断然拒绝，项羽说当初跟他一起渡过大江打天下的八千名子弟，现在没有一人活着回来，他还有什么脸回去见江东父老呢？说完，他就在乌江边自杀了。李清照面对当时的环境，想起楚汉相争时期豪气万丈的项羽，有所感慨，便写下这一首短诗，大意是说：

生而为人，活着的时候，要做一个有骨气的伟大人物，就是死了，也要成为鬼界中的英雄。到现在，我还一直怀念着楚霸王项羽，他宁愿自杀，也不想活着回到江东去。

李清照的这一首诗，表面上是在歌颂项羽，其实是在感叹时局，讽刺当时的宋朝朝廷软弱无能，才造成偏安一隅的局面。如果人人都能"生当作人杰，死亦为鬼雄"，以必死的决心为国家做事，当时的情形可能会大大改观。

题临安①邸②

❖（宋）林　升

山外青山楼外楼，
西湖歌舞几时休？
暖风熏③得游人醉，
直④把杭州作汴州⑤。

注释

①临安：指浙江省杭州市。金人攻陷北宋首都汴京后，宋朝统治者南逃，在临安建都。

②邸（dǐ）：旅店。

③熏（xūn）：吹，用于温暖馥郁的风。

④直：简直。

⑤汴州：汴京，今河南省开封市。

赏析

北宋靖康元年，北宋首都被金人攻陷，赵构逃到了临安，并且继承了皇位。可是他不想着收复失地，只想苟且偷安，过眼前的生活。不仅如此，他还大肆享乐。这首诗即是针对当时的黑暗社会所作。这是一首写在临安的一家旅舍墙壁上的诗，是一首"墙头诗"。

诗人第一句便抓住了临安城的特征——层峦叠嶂的青山，排列自然的楼台。眼前的青山和楼阁是多么美丽啊，祖国的山河又是多么美好啊。诗人的这些描写，其实是表现出了一种乐景。接着再看第二句，诗人面对国家的现实，悲从中来。唉！这么美丽的山河，却被金人占有了。这是多么令人悲痛，多么令人心酸啊。"休"字，不但暗示了诗人对当时社会现状的无奈，还表现出了诗人对朝廷不思收复失地、只求偏安一隅、贪图享乐的愤慨之情。诗人认为"西湖歌舞"不是什么好听的、好看的歌舞，而是消磨抗金斗志的歌舞。"歌舞快休吧！歌舞快休吧！"这是诗人的心声。这里，

诗人运用了反问的手法，不仅强化了自己对朝廷一味休战言和的悲愤之情，也更加表现出诗人对国家前途忧虑而产生的伤感之情。后面两句诗，诗人进一步抒发了自己的情感，"暖风"一语双关，既有大自然的春风之意，又有上流社会颓废之风的意思。正是这股"暖风"把人们吹得苟且偷安。"游人"并不是一般的游客，这里指的是那些不顾国难，只顾自己享乐的南宋统治阶级。"熏"和"醉"两字运用得十分巧妙，它把那些只管享乐的南宋统治阶级的嘴脸刻画得十分形象。结尾一句，把临时国都杭州当作故都汴州，包含了诗人极大的愤怒之情和对当前社会的担忧。

这是一首讽刺诗，结构精巧得当，用词准确。诗人已是愤慨至极，却没有一句谩骂之语，不得不佩服诗人的写作水平很高。

菩萨蛮^①·书江西造口^②壁

❖（宋）辛弃疾

郁孤台^③下清江^④水，中间多少行人泪？西北望长安^⑤，可怜无数山^⑥。

青山遮不住，毕竟东流去。江晚正愁余^⑦，山深闻鹧鸪^⑧。

注释

①菩萨蛮：本唐教坊曲，后用为词牌。亦作"菩萨鬘"，又名"子夜歌""重叠金""花溪碧""晚云烘日"等。另有"菩萨蛮引""菩萨蛮慢"。"菩萨蛮"也是曲牌名，属北曲正宫，字句格律与词牌前半阕同，用在套曲中。

②造口：一名皂口，在江西省万安县南六十里处。

③郁孤台：今江西省赣州市城区西北部贺兰山顶，又称望阙台，因"隆阜郁然，孤起平地数丈"得名。

④清江：赣江与袁江合流处旧称清江。

⑤长安：今陕西省西安市，为汉唐故都。此处代指宋都汴京。宋代刘攽诗《九日》云："可怜西北望，白日远长安。"

⑥无数山：很多座山。

⑦愁余：使我发愁。《楚辞·九歌·湘夫人》云："帝子降兮北渚，目眇眇兮愁予。"

⑧鹧鸪：鸟名。传说其叫声如云"行不得也哥哥"，啼声凄苦。

赏析

辛弃疾不仅是南宋有名的词人，他还是一位抗金名将。写这首词时，词人正好来到了造口，看着波涛汹涌、奔腾不休的江水，思绪也如这江水一般延绵不绝，于是写下了这首千古名词。

词的第一句先写"郁孤台"，这是地名，但我们根据其形、声和义可以看出，这三个字具有孤零零、巍巍独立的感觉。我们的眼前可以展现出这样一幅画面，一座高台在天地间傲然孤立。再往下看，"行人泪"这三个字既可以说这里的水是多少苦难的眼泪汇集而成的啊！也可以说，在这里无数的行人流下了多少伤心的泪水啊！当然，这里也有词人的悲痛之泪。"西北望长安，可怜无数山。"这里的长安指的是汴京，词人想起了在汴京的朋友，目光自然而然地向着汴京的方向看去，可是却有无数的青山挡住了词人的视线。想一想，词人此时的心情一定是十分悲痛、十分伤心。这两句词表达出了词人的这种悲愤之情。"青山遮不住，毕竟东流去。"这里是说青山虽然可以遮挡住词人的视线，可是遮挡不住这滚滚的流水。"遮不住"三个字将青山的遮挡之感一笔推去，"毕竟"两个字更见深沉有力。"江晚正愁余，山深闻鹧鸪。"江晚山深，现在暮色苍茫，这也是词人沉痛心理的真实写照，也暗合了开篇郁孤台上的景象。

　　这首词抒发了词人对国家兴亡的感慨，也表达出了他对朝廷苟安的不满之情和对自己无能为力的愁苦。

非凡的自信

浣溪沙·山下兰芽短浸溪

❖（宋）苏 轼

寺临兰溪，溪水西流。

山下兰芽短浸①溪，松间沙路净无泥。潇潇②暮雨子规③啼。

谁道人生无再少④？门前流水尚能西！休将白发⑤唱黄鸡⑥。

注释

①浸：泡在水中。

②潇潇：形容雨声。

③子规：又叫杜宇、杜鹃、催归。它总是朝着北方鸣叫，六七月间鸣叫声更甚，昼夜不止，发出的声音极其哀切，犹如盼子回归，所以叫杜鹃啼归。

④无再少：不能回到少年时代。

⑤白发：老年。

⑥唱黄鸡：感慨时光的流逝。因黄鸡可以报晓，所以用来表示时光的流逝。

赏析

苏轼为人豁达，胸襟坦荡，不管遇到什么困难，都能随遇而安。本诗写于他被贬黄州时期。

第一句写山下小溪蜿蜒流淌，小溪边上的兰草刚刚发出嫩绿的小芽，松林间的沙路，经过泉水的冲刷，看起来特别干净。傍晚下起了小雨，寺门外还传来杜鹃一阵阵的啼声。上阕这三句，写的是清泉寺幽深雅静的风光和环境，这充满了画意的风景，仿佛洗去了世间的一片污浊。这景象生机勃勃，沁人心脾。在这里，也可以看出词人喜爱自然的情怀。美丽的景色，总是会让人心生感悟。这不，词人在下阕中抒发了使人感

奋的议论。词人的议论是即景取喻，用富有情韵的语言，写出了人生哲理。"谁道"两个字，用反诘写出，以借喻回答。词人接着写到门前的流水，让我们想一想，流水还像什么？时光，时光也像流水一样匆匆不复返。所以说，人的青春只有一次，这里词人表达了一种要珍惜时光、珍惜青春的感悟。所以他说"休将白发唱黄鸡"，也就是说不要在老年时感叹时光流逝。

　　时间匆匆，我们一定要在最美好的时光里，做最美好的事。千万不要辜负了光阴，辜负光阴便是辜负自己。

笑对人生磨难、困难

定风波①

❖（宋）苏 轼

三月七日，沙湖②道中遇雨。雨具先去，同行皆狼狈，余独不觉。已而遂晴，故作此词。

莫听穿林打叶声，何妨吟啸③且徐行。竹杖芒鞋④轻胜马，谁怕？一蓑⑤烟雨任平生。

料峭⑥春风吹酒醒，微冷，山头斜照却相迎。回首向来萧瑟⑦处，归去，也无风雨也无晴。

坚强意志

磨炼

注释

①定风波：词牌名。

②沙湖：在今湖北省黄冈市东南三十里处，又名螺丝店。

③吟啸：放声吟咏。

④芒鞋：草鞋。

⑤蓑：蓑衣，用棕制成的雨披。

⑥料峭：微寒的样子。

⑦萧瑟：风雨吹打树叶声。

赏析

　　困难像弹簧，看你强不强；你强它就弱，你弱它就强。现在我们就一起看一看古代的文人苏轼是如何面对困难的。

　　三月七日这一天，"我"和朋友出外春游，在沙湖道上风雨忽至，拿着雨具的仆人已提前走了，同行的朋友都觉得很窘迫，只有"我"不这么觉得。

　　不要去害怕那树林中雨滴敲打树叶的声音，何妨在雨中一边吟诗长啸，一边漫步前行。风雨潇潇，挂着竹杖穿着草鞋顶风冒雨，多么轻便、多么惬意，反倒是胜过了骑马。刮风下雨都是小事情，又有什么可怕？在风雨里度过平生，处之泰然，难道不好吗？

料峭的春风把"我"的酒意吹醒，身上略微感到一些寒冷。过了一会儿雨过天晴，山头上斜阳已露出了笑脸。这时节再回首来程风雨潇潇的情景，"我"忽然从中悟到了什么。是啊，雨过之后是天晴，这在自然界是多么平常的事。风雨又有什么可怕的，风雨总会过去，阳光又总在风雨后。"我"就这样回去，不管它曾经是风雨潇潇，还是现在雨过天晴。"风雨"二字，一语双关，既指野外途中所遇的风雨，又暗指人生所遭遇的磨难和打击。苏轼的一生充满了挫折和磨难，曾多次被贬，但他坚信磨难会如风雨般逝去，人生中的风云变幻、荣辱得失又何足挂齿？

行路难①三首（其一）

❖（唐）李 白

金樽清酒斗十千②，玉盘珍羞③直④万钱。

停杯投箸不能食，拔剑四顾心茫然。

欲渡黄河冰塞⑤川，将登太行雪满山。

闲来垂钓碧溪上，忽复乘舟梦日边⑥。

行路难，行路难，多歧路，今安在？

长风破浪⑦会有时，直挂云帆济沧海。

注释

①行路难：乐府《杂曲歌辞》调名，内容多写世路艰难和离别悲伤之意。

②斗十千：一斗值十千钱（万钱），形容酒美价高。

③珍羞：珍贵的菜肴。羞：同"馐"，美

味的食物。

④直：通"值"，价值。

⑤塞：堵塞。

⑥"闲来垂钓碧溪上，忽复乘舟梦日边"这两句暗用典故：姜太公渭水钓鱼遇周文王，助周灭商；伊尹梦见自己从日月旁边经过，被商汤聘用，助商灭夏。诗人借此表明自己对为官仍有所期待。

⑦长风破浪：比喻实现心中的理想。

赏析

天宝元年（742年），李白在长安为官，不过没有得到皇上的重用，还受到了许多小人的排挤，两年后被皇上变相赶了出去。李白深感求仕无望，满怀激愤的他写下了这首诗。

诗的前四句写李白离开长安时，友人为他设宴饯行。众所周知，李白喜欢喝酒，可是这一天他却放下了酒杯和筷子，并没有什么心情吃饭。他离开了座位，拔下腰间的宝剑，眼睛四处看着，十分茫然。从"停""投""拔""顾"这四个连续的动作，可以看出诗人内心是多么苦闷啊！第五句所写紧紧连着"心茫

然"，正面写"行路难"。"冰塞川""雪满山"具有比兴的意味，象征着人生路上的艰难险阻。那么，李白就此消沉下去了吗？我们再往下看，其实从"拔剑四顾"开始，就表示他有不被眼前的困难所击倒的决心。诗人此时虽然茫然，可是他又想到了姜太公和伊尹，这两个人刚开始在仕途上也并不顺利，可后来还是取得了很大的成就。想起这两个人，诗人平添了几分信心。可是紧接着诗人又说"行路难，行路难，多歧路，今安在？"姜太公和伊尹虽然给诗人增添了信心，可是当他回到现实中时，还是感觉到了人生道路的困难。人生的道路太过崎岖了，他不知道该走哪条路，不知道未来该通向哪里。诗人的这种感情是矛盾的，可他又是倔强而又自信的，他一定会用积极向上的心态，来摆脱眼前的苦闷。于是，在结尾一句他写道，尽管前路阻碍重重，可他相信总有一天会乘长风破万里浪，到达理想的彼岸！

李白这种豁达乐观的人生态度值得我们每个人学习，当我们遇到困难时，也一定要有李白的这种心境啊。

竹 石①

❖（清）郑 燮

咬定②青山不放松，
立根③原④在破岩⑤中。
千磨⑥万击⑦还坚劲⑧，
任⑨尔⑩东西南北风。

注释

①竹石：扎根在石缝中的竹子。诗人郑燮是著名画家，他画的竹子特别有名，这是他题写在《竹石图》上的一首诗。

②咬定：比喻根扎得结实，像咬着青山不松口一样。

③立根：扎根，生根。

④原：本来，原本，原来。

⑤破岩：裂开的山岩，即岩石的缝隙。

⑥磨：折磨，挫折，磨炼。

⑦击：打击。

⑧坚劲：坚强有力。

⑨任：任凭，无论，不管。

⑩尔：你。

赏析

　　在文人的笔下，荷花象征着高尚，菊花象征着高洁，梅花象征着傲骨，而本诗写的是扎根在石缝中的竹子。这样的竹子一定是坚韧不拔且顽强乐观的。

　　诗的第一句就把一个牢牢扎根于青山岩缝，又挺立峭拔的翠竹形象展现在了读者面前。"咬"字赋予了竹子人格化，它不仅写出了翠竹紧紧附着青山的情景，还表现出了它那种与大自然抗争、不畏艰辛、顽强的生存精神。第二句，告诉了我们为什么翠竹能傲然地挺立在青山之上，这是因为它的根已经深深地扎在岩石里了。从这里，我们也可以得出一个道理：根基深力量才强。有了以上两句的铺垫，就很自然地引出了后面两句。这首诗里的竹子并不是孤立和静止的，这样的竹子经受着"东西南北风"的千磨万击，可是它始终岿然不动，不管什么样的风都拿它没有办法。"千""万"两个字将竹子那种坚韧无畏、从容自信的神态描写得活灵活现。这也是全诗的意境所在，我们可以感受到一种坚韧不拔的意志力和顽强不息的生命力。

诗中的竹子其实也是诗人的化身，因此这也是一首借物喻人、托物言志的诗。诗人就像竹子一样，不管遇到什么困难与坎坷，始终傲然独立，屹立不倒。

坚强意志
磨炼

赠从弟三首（其二）

❖（汉）刘 桢

亭亭^①山上松，瑟瑟^②谷中风。

风声一何^③盛，松枝一何劲！

冰霜正惨凄^④，终岁常端正。

岂不罹凝寒^⑤？松柏有本性。

注释

①亭亭：高耸的样子。

②瑟瑟：形容寒风的声音。

③何：多么。

④惨凄：凛冽，严酷。

⑤罹（lí）凝寒：遭受严寒。罹：遭受。

赏析

　　我们在读一首诗之前，可以先去了解作者是个怎样的人。刘桢是汉末时的诗人，十分正直并有骨气，绝不为权势所低头，因为这个，曹操还差点儿杀了他。所以说，这样的一个人，他的诗也一定傲骨铮铮。

　　首联先是用"亭亭"来表现出松傲然的姿态，"瑟瑟"模拟了刺骨的风声，这样既有声又有色，简洁生动。然后用"山上"和"谷中"两个方位短语更加突出了青松的傲骨。青松，也是全诗的中心。颔联所用两个"一何"是在强调诗人的感受，一"盛"和一"劲"是在表明诗人的情感倾向，第三句承接的是第二句，第四句和第一句遥相呼应。第三句和第四句加强了抒情的氛围。颈联由猛烈的风势发展到了酷寒的冰霜，由刚劲的松枝向一年四季拓宽，这更加显示出全诗意境的高远、格调的悲壮。松树和环境的对比，也将松树的品格突显出来。尾联用一问一答的句式作答。读到这里，我们可以从青松"亭亭""端正"的

外貌透视到松树内在的本性，即松树的那种坚贞不屈和高风亮节。

本诗的题目虽为"赠从弟"，可是没有一句是写兄弟之间的情谊的，但我们却能从中看出兄长对弟弟的关爱和寄托。其实这是运用了象征手法，诗人在诗中不仅借用了松树这一具体的形象来表达自己的志趣、情操和希望，诗人更是借松树来自勉，也是以此勉励从弟。

永不因挫折而气馁

酬①乐天②扬州初逢席上见赠

❖（唐）刘禹锡

巴山楚水③凄凉地，二十三④年弃置身⑤。
怀旧空吟闻笛赋⑥，到乡翻似⑦烂柯人⑧。
沉舟⑨侧畔千帆过，病树前头万木春。
今日听君歌一曲，暂凭杯酒长精神⑩。

注释

①酬：答谢，酬答，这里是指以诗相答的意思。

②乐天：指白居易，白居易字乐天。

③巴山楚水：指四川、湖南、湖北一带。
古时四川东部属于巴国，湖南北部和湖北等地
属于楚国。

④二十三年：指刘禹锡被贬23年。

⑤弃置身：指遭受贬谪的诗人自己。

⑥闻笛赋：指西晋向秀的《思旧赋》。东汉末年，嵇康、吕安被司马昭杀害，向秀经过嵇康、吕安的旧居，听到邻人吹笛，不禁悲从中来，于是作《思旧赋》。刘禹锡借用这个典故怀念已死去的王叔文、柳宗元等人。

⑦翻似：倒好像。翻：副词，反而。

⑧烂柯人：相传晋人王质上山砍柴，见两童子下棋，就停下观看。等棋局终了，手中的斧柄（柯）已经朽烂。回到村里，才知道已过了一百年。诗人以此典故表达自己遭贬23年的感慨，也借此表达世事沧桑、人事全非、暮年返乡、恍如隔世的心情。

⑨沉舟：这是诗人以沉舟、病树自比。

⑩长（zhǎng）精神：振作精神。长：振作。

赏析

唐敬宗宝历二年（826年），被贬到外地做官的刘禹锡奉诏回京。途经扬州时，遇到了同样被贬的白居易，白居易在宴席上写了一首诗赠给刘禹锡，对其被贬的遭遇表达了深深的同情和不满。于是，刘禹锡写了这首诗来回赠白居易。

诗的首联直接告诉我们诗人被贬在这巴山楚水的荒凉地区，已经23年了。诗人在这里并没有直接地倾诉自己被贬这么多年的强烈不平，而是通过"凄凉地""弃置身"这样富有感情色彩的字来渲染自己的遭遇，让我们了解诗人，从而对诗人产生一种强烈的打抱不平的同情心理，这样写具有很强的艺术感染力。颔联运用了"闻笛赋"和"烂柯人"两个典故，"怀旧"表达了诗人对死去朋友的悼念，"到乡"抒发了诗人对时光流逝之快、人事变迁的感叹。颈联中诗人以"沉舟""病树"来比喻自己。诗人在惆怅的同时又相当达观，"沉舟侧畔"，有千帆竞发；"病树前头"，正万木皆春。这里是诗人在宽慰白居易，叫他不必为自己的遭遇而伤心，体现出诗人在面对人生的不如意时，拥有一种阔达的胸襟。这两句也经常被后人所引用，并赋予了它新的意义——新事物必将取代旧事物。颈联因"沉舟"突然振起，一改前面伤感低沉的基调，尾联顺势而下，点明了酬答白居易的题意。诗人在这里并没有一味地消沉下去，而是与白居易相互劝慰，相互鼓励，希望生活会有柳暗花明的那一天。

　　本诗的感慨虽然十分深刻，但读起来给我们的感受却并不消沉，反而是振奋。我们不管在何时何地，遇到了何事，都要有诗人这种"沉舟侧畔千帆过，病树前头万木春"的精神。

题乌江亭①

❖（唐）杜 牧

胜败兵家②事不期③，
包羞忍耻④是男儿。
江东⑤子弟多才俊⑥，
卷土重来⑦未可知。

注释

①乌江亭：在今安徽省和县东北的乌
江浦，相传为西楚霸王项羽自刎之处。

②兵家：一作"由来"。

③事不期：一作"不可期"。不期：难
以预料。

④包羞忍耻：意思是大丈夫能屈能伸，
应有忍受屈耻的胸襟气度。

⑤江东：自汉至隋唐称自安徽省芜湖市以下的长江南岸地区为江东。

⑥才俊：才能出众的人。才：一作"豪"。

⑦卷土重来：指失败以后，再重新组织以求东山再起。

赏析

　　我们在学习这首诗之前，先要了解一下诗中所讲述的历史。秦朝末年，楚霸王项羽与刘邦争夺天下。项羽被刘邦打得逃到了乌江，乌江亭亭长建议项羽渡江回到江东，再重新招兵买马、东山再起。但项羽却觉得自己打败了，没有脸再见江东的父老，所以就羞愧地自杀了。

　　首句直接就说出了胜败乃兵家常事这一常识，"事不期"，指的就是谁都不能预料战争的胜败。这里是在暗示要如何对待胜败，为下文做好了铺垫。第二句指出只有"包羞忍耻"，才是"男儿"。让我们想一想，项羽失败后是怎么做的？他失败了就灰心丧气地自杀了。这样的人，在诗人的眼里算不上真正的"男子汉"。这里诗人是在批评项羽胸襟不够宽广，缺乏大将气度。第三句"江东子弟多才俊"，其实指的就是乌江亭亭长对项羽的建议，江东人才那么多，回去重整旗鼓吧！

84

最后一句"卷土重来未可知"是做了一个假设。若是真的卷土重来，那么最后谁胜谁败还不知道呢。可惜的是项羽却轻易地自刎了，这样是为上面第一、二句提供了有力的证据。这样的急转直下，又一气呵成，不禁让我们想到了"江东子弟""卷土重来"的境况，很有气势。同时，诗人也在惋惜之余，又表明了"败不馁"这一道理。

浪淘沙^①九首（其八）

❖（唐）刘禹锡

莫道谗言^②如浪深，

莫言迁客^③似沙沉。

千淘万漉虽辛苦，

吹尽狂沙始到金^④。

注释

①浪淘沙：唐代教坊曲名，后也用为词牌名。

②谗言：毁谤的话。

③迁客：指被贬职调往边远地区的官员。

④千淘万漉虽辛苦，吹尽狂

沙始到金：比喻清白正直的人

虽然一时被小人陷害，历尽辛

苦之后，他的价值还是会被发现的。淘、

漉（lù）：过滤。

坚强意志

磨炼

赏析

　　刘禹锡的一生命运多舛，经常遭到贬谪，我们在前面已经读过他的诗了，让我们再接着赏析他的这首诗。

　　诗的前两句的意思是说：不要说流言蜚语像海浪那样深得令人恐惧，不要说被贬职的官员就会像沙子一样颓废沉沦、一蹶不振。这两句诗的语气是非常坚定的，表明"谗言如浪深""迁客似沙沉"的现象不一定会发生，换句话来说，纵使谗言"如浪深"，但是迁客却不一定真的就"似沙沉"。也就是说，没有被公正对待的人不一定会一蹶不振，也有很多人会继续努力拼搏的。那么，这些人中包含诗人自己吗？显然是包含的。再接着往下看，诗人又说淘金的人只有经历"千淘万漉"的辛苦才能获得金子。这里表面上写的是淘金人的辛苦，实则是诗人在表明自己的心志。纵使遭到诬陷，纵使被降职迁谪，他也不会就此改变自己的初心。在经历过一番困苦磨难后，终究会有柳暗花明的那一天。就像淘金一样，虽然历经千辛万苦，

87

可是终究会"吹尽狂沙始到金"。

　　诗人在前两句已经表露出了自己顽强不屈的意志，接着又用沙里淘金这一具体事例，来表明只有经得起千辛万苦，才会尽显英雄本色的主题。这种正义必然会战胜邪恶的信念，也是诗人的一贯思想。本诗将这一思想具体化，给后人无限的启迪。

推己及人、胸怀天下

茅屋为秋风所破歌（节选）

❖（唐）杜 甫

安得①广厦千万间，大庇②天下寒士俱欢颜！风雨不动安如山。

呜呼③！何时眼前突兀④见⑤此屋，吾庐独破受冻死亦足⑥！

注释

①安得：如何能得到。

②大庇（bì）：全部遮盖、掩护起来。庇，遮盖，掩护。

③呜呼：书面感叹词，表示叹息，相当于"唉"。

④突兀（wù）：高耸的样子，这里用来形容广厦。

⑤见（xiàn）：通"现"，出现。

⑥足：值得。

赏析

　　那一年，杜甫住在成都郊外浣花溪畔的草堂。所谓茅屋，即指此草堂，是杜甫在亲友资助下辛苦营建的栖身之所。诗中写草堂屋顶被秋风吹坏，全家在屋破雨漏下的窘状，并从自身遭遇联想到天下寒士的穷困，希望他们都能获得安居。

　　八月，秋高气爽，谁知会刮起一阵狂风，吹破了屋顶，也卷走了屋顶的茅草。秋风的肆虐意味着诗人辛苦营建的草堂即将化为乌有，诗人哪能不痛惜？照说在乡村里茅草并不是什么值钱的东西，这岂不都是贫穷所致？这草堂，虽然简陋，但却是诗人的家啊。祸不单行，风停了，但代之而来的却是绵绵的秋雨。秋雨淋漓的漫漫长夜，屋外是茫茫的夜雨，屋内则是雨脚如麻，到处漏雨无一干处。

　　这又湿又冷的秋雨之夜，怎能让人入睡？怎样才能熬到天亮？真是屋漏偏逢连夜雨啊！这是一个失眠的夜晚。但一向忧国忧民的诗人，在这冷湿不眠的夜晚，却并没有只想着自己，并没有去埋怨、发牢骚，

而是从一己眼前的苦况想到国家的处境，国家若非经历丧乱，他又怎会流落到此，遭遇这种苦况？

"安得广厦千万间，大庇天下寒士俱欢颜"，诗人又从自己眼前的苦况联想到天下寒士的共同苦楚，因此他希望有千万间广厦，让天下寒士安居。"风雨不动安如山"，让他们不必受风寒雨湿之苦。"何时眼前突兀见此屋"，唉，这个愿望何时才能实现啊！"吾庐独破受冻死亦足"，如果愿望能够实现，纵然自己屋破受冻而死也心甘情愿！这样的一个结束，显现出了诗人胸怀天下和推己及人的高尚精神。

李　绅（772—846年），字公垂。无锡（今属江苏）人。中唐著名诗人，唐朝宰相、诗人李敬玄曾孙。李绅35岁时中进士，补国子助教。会昌六年（846年）在扬州去世，享年74岁，追赠太尉，谥号"文肃"。李绅与元稹、白居易为至交，倡导和参与了新乐府运动，并取得成功。著有《乐府新题》二十首，已佚。代表作为《悯农》诗两首，《全唐诗》存其诗四卷。

立志勤俭节约

悯①农三首（其二）

❖（唐）李 绅

锄禾②日当午，
汗滴禾下土。
谁知盘中餐③，
粒粒皆辛苦。

注释

①悯：怜悯。

②禾：谷类植物的统称。

③餐：熟食的通称。

93

赏析

　　"民以食为天"，在衣、食、住、行当中，食是最基本的需求。如今经济发达，我们过的是优裕富足的生活，也许有些人从来没有想过获得粮食会如此不容易。

　　"锄禾日当午，汗滴禾下土。"是啊，农民是很辛苦的，即使日当正中艳阳高照，也必须弯着腰在田地里劳作。你做过农活吗？日当正午的时候，在田地里做农活，没有切身经历是很难体会到个中滋味的。太阳晒在田地里，晒在农民的背脊上，温度越来越高，农民全身受到热气的笼罩，汗水像雨水一样流淌下来，滴到水田里，渗到土里，吸收到每一粒稻谷里。一天又一天，在稻禾生长的时光里，农民精心地培育着，从没有忘记给稻禾施肥、除草，稻禾渐渐长大了。虽然农民的皮肤晒得发黑，皱纹刻得更深了，背脊也更弯了，但他的脸上却露出了笑容……

　　"谁知盘中餐，粒粒皆辛苦。"当大家在享用香喷喷的米饭的时候，有多少人还会想到农民的辛苦呢，

有多少人会想到这粮食正是用农民的汗水换来的呢？在古代，农业还没有实现机械化，犁田、除草的工具比较原始，农民自然更加辛苦。有些人在浪费、糟蹋粮食的时候，良心会不会痛呢？诗人发现这个现象，所以写这首诗告诫人们糟蹋粮食是错误的，因为每一粒稻谷，都蕴藏着农民的辛劳与汗水啊！

读了这首诗以后，我们都应该从小养成勤俭节约的好习惯，要懂得珍惜粮食，不随意糟蹋粮食。当你看到一片片绿油油的稻田，觉得心旷神怡的时候，可别忘了想一想农民的努力哦！当你享用香喷喷的米饭，觉得心满意足的时候，可别忘了感谢农民的辛劳哦！

渔家傲

❖（宋）李清照

天接云涛连晓雾，星河欲转千帆舞。仿佛梦魂归帝所，闻天语，殷勤问我归何处。

我报路长嗟①日暮，学诗谩有②惊人句。九万里③风鹏正举。风休住，蓬舟④吹取三山⑤去！

注释

①嗟：慨叹。

②谩有：空有。谩，徒，空。

③九万里：《庄子·逍遥游》中说大鹏乘风飞上九万里高空。

④蓬舟：像被风吹转的蓬蒿那样的小船。古人以蓬根被风吹飞，喻飞动。

⑤三山：《史记·封禅书》记载：渤海中有蓬莱、方丈、瀛洲三座仙山，相传为仙人所居住，但乘船前往，临近时就被风吹开，终无人能到。

　　李清照曾有过在海上航行的经历，历经了许多艰险。词中写的大海、乘船、天地和诗人自己，都与这段真实的生活经历有关。现在就让我们来赏析这首词吧。

　　词的一开头就写了"天""云""雾""星河""千帆"这些壮丽的景象，又运用了许多动词，使画面"动"了起来。"接""连"两个字把天幕垂降、波涛翻滚、云雾朦胧之景象，巧妙组合在一起，形成了一种茫茫然没有边界的感觉。词人在风浪颠簸中的感受，是用"转"和"舞"两个字表现的，形象逼真。而"星河欲转"，写的是词人在颠簸之中仰头看向天空，天上的银河好像也动起来了似的。"千帆舞"写的是海风涌起，无数的船只乘风破浪前行之势。星河和船，既有生活的真实感，也有梦境的虚幻性。全篇虚实结合的基调正是在这种奇情壮景的基础上形成的。这首词其实写的是"梦境"，所以下面就有了"仿佛"三句，而全词的关键就在于"梦魂"两个字。词人在海

上航行时，一缕梦魂好像见到了天帝。在幻想之中，词人塑造了一个关心民间疾苦的天帝。"殷勤问我归何处"一句虽只是简单的询问，却饱含了词人浓浓的深情，寄寓了她美好的愿望。"报"和上阕的"问"用字精巧，成为连接两阕的桥梁。"路长日暮"指的是词人晚年孤苦的生活。这里词人结合了自己的真实生活，就与下句相互连接在了一起。词人在天帝面前倾诉了自己满腹才华却遭受不幸的事情，一个"谩"字，就可以看出词人对现实无能为力的无奈之情。下句从对话中写起，然而并没有离开主线。"鹏正举"，是对大风的更深一层的烘托。当大鹏正在高举之时，词人又突然说，风啊，可千万不要停息。这里的"蓬舟"指的就是小舟。"三山"指的是三座有名的仙山。上阕中天帝询问词人想要去哪里，这里就交代了词人想要去海外的仙山，前后遥相呼应。

　　本首词把梦境与生活融为一体，构成了一幅绝妙的意境图，充分显示出词人婉约又豪放不羁的一面。

追求如梅花般高洁的品格

卜算子·咏梅

❖（宋）陆 游

驿外①断桥边，寂寞开无主②。已是黄昏独自愁，更著③风和雨。

无意苦④争春，一任⑤群芳妒。零落成泥碾作尘，只有香如故。

注释

①驿（yì）外：指荒僻、冷清之地。驿：驿站，供驿马或官吏中途休息的地方。

②无主：自生自灭，无人照管和玩赏。

③更著：又遭到。更：又，再。著（zhuó），同"着"，遭受，承受。

④苦：尽力，竭力。

⑤一任：全任，完全听凭。

赏析

　　陆游——宋代伟大的文学家，曾有鸿鹄之志，才学兼备。即便如他这样旷世难得的人才也会在世间遭受挫折和磨难。时值国家危亡，身怀报国之志的陆游，虽有满腔热血，却前途惨淡。路过驿外的断桥时，为那寂寞独开的梅花所感动。国家危亡之际，民不聊生、国政动荡，唯"我"一人洒血于疆场，不但没有实现报国之志，而且遭受奸臣的陷害和诋毁。"我"就如这黄昏下的梅花一样，忍受着孤独和寂寞。风雨降临的时候，独自站立在淤泥之中，任凭风吹雨打。

　　以梅花高洁的品质又怎会在意他人耀眼的光芒呢？他们的妒忌与排斥于"我"而言没什么值得放在心上的。"我"的身体真的不能在寒风骤雨中坚持的时候，"我"的志向也还会存在，爱国的热忱永远不会减退，正如梅花傲立于寒风中，即便被过往的马车碾压成泥，抑或化作尘埃随风而去又有什么关系呢？

梅花的香气已经和土壤连在一起了，梅花特有的香味依旧芬芳，从来没有从那里消失。

读完这首诗，你会被梅花高尚的品质所感动，会被陆游身上的那种爱国热忱所折服吗？每个人在生活中有春风得意时，也会有垂头落泪时。关键是初心能不能依旧傲立于寒风之中。

不惧风寒的高尚品格

寒　菊

❖（宋）郑思肖

花开不并①百花丛，
独立疏篱②趣未穷③。
宁可枝头抱香死④，
何曾⑤吹落北风⑥中。

注释

①不并：不合、不靠在一起。并：一起。

②疏篱：稀疏的篱笆。

③未穷：未尽，无穷无尽。

④抱香死：菊花凋谢后不落，仍系枝
头而枯萎，所以说抱香死。

⑤何曾：哪曾、不曾。

⑥北风：寒风，此处语意双关，亦指元朝的残暴势力。

赏析

我们在前面已经读过关于"竹"和"梅"的诗了，这首诗是关于"菊"的，让我们一起来看看吧。

诗的前两句是说只有春天来的时候，百花才会盛开，而菊花却喜欢在风霜中傲然挺立，不屑与百花一起开放。当百花凋零的时候，也只有菊花还挺立在稀疏的篱笆旁边。这里的"趣"既指菊花的傲拒风霜之意，又指菊花那种高洁坚贞的形象。

后面两句，将前面的诗意加深了一层。是说菊花盛开之后虽然逐渐枯萎了，但是花瓣却不曾凋谢落得满地都是，所以说是"枝头抱香死"。"何曾吹落北风中"说的是也不曾吹落于凛冽的北风之中。"抱香"，喻指自己高洁的民族情操，"北风"，双关语，暗示北方来的统治者。诗句运用了隐喻的写作手法，是说自己不愿屈服于元统治集团，宁可坚持气节死去，也不愿沦为败类，这里将诗人自己那种至死不渝的崇高的

民族气节表现得淋漓尽致。

　　这是一首咏物诗，用寒菊来象征诗人自己坚贞不屈的气节。诗人的气节与寒菊的自然物性相结合，暗示出了诗人的情怀。

饮酒二十首（其五）

❖（晋）陶渊明

结庐①在人境②，而无车马喧③。
问君④何能尔⑤？心远地自偏。
采菊东篱下，悠然⑥见⑦南山⑧。
山气日夕⑨佳，飞鸟相与还⑩。
此中有真意⑪，欲辨已忘言。

注释

①结庐：构筑房屋。结：建造、构筑。庐：简陋的房屋。

②人境：人聚居的地方。

③车马喧：指世俗交往的喧扰。

④君：指诗人自己。

⑤何能尔：为什么能这样。尔：如此，这样。

⑥悠然：自得的样子。

⑦见：看见（读 jiàn），动词。

⑧南山：泛指山峰，一说指庐山。

⑨日夕：傍晚。

⑩相与还：结伴而归。相与：相交，结伴。

⑪真意：从大自然里领会到的人生真谛。

赏析

　　诗人与酒大多有密不可分的联系，李白好酒，陶渊明也好酒。本首诗的题目便是"饮酒"，让我们看看诗人是怎么饮酒的吧。

　　诗的首句直截了当地写出了诗人虽然居住在人世间，但是却没有受到世俗间俗事的侵扰。为什么会没有烦恼呢？下面的诗句就给了我们答案——"心远地自偏"，"心远"就是指不慕名利，不羡慕官场，是以远离尘俗，超凡脱俗。这四句其实讲的是人与现实之间的关系问题，也就是说人在现实生活中是否可以超脱现实？诗人认为，每一个生命都是独立的精神主体，都是直接面对整个自然和宇宙而存在的。不过，如果

把这些用诗写出来，诗是否会像论文一样乏味呢？所以，诗人只是把这些想法寄托在了形象里。

接下来诗人又写到，他在自己的庭院中采摘了一朵菊花，忽然他抬起头来，恰好看到了南山。按照诗人的想法，"悠然"不仅是人所独有的，山也可以这样。这几句写出了诗人在归隐后，精神世界和自然景物相互契合的那种悠然自得的状态。接下来，诗人写了傍晚的南山雾气在山峰间缭绕，飞鸟结伴而还的情景。诗人从这美丽的景象中联想到了自己的归隐，从而悟出了返璞归真的哲理。飞鸟归巢就寓意了诗人虽然出仕，但最后还是回归了田园。

诗的最后两句中的"此中"二字可以理解为此时在篱笆旁，也可以理解为恬淡的田园生活。"忘言"说的是悠然的田园生活才是诗人自己真正的人生乐趣所在，这体现了诗人与世无争的高尚品德。"真"指的是辞官归隐田园乃是人生之真谛。

本诗描写了一幅秋日晚景图，讲述了归隐的乐趣，而且富有生活哲理，达到了情、景、理统一的高妙境界。

墨　梅^①

❖（元）王　冕

吾家洗砚池^②边树，
朵朵花开淡墨^③痕。
不要人夸颜色好，
只留清气^④满乾坤^⑤。

注释

①墨梅：用墨笔勾勒出来的梅花。

②洗砚池：写字、画画后洗笔洗砚的池子。

③淡墨：那朵朵盛开的梅花，是用淡淡
的墨迹点化成的。

④清气：梅花的清香之气。

⑤乾坤：天地间。

赏析

请大家闭上眼睛，脑中想象这样的画面："我"家洗砚的小池边有一棵梅树，悄悄地开花了，那朵朵梅花像是用淡墨染成似的。染了墨色的梅花外表虽不光鲜亮丽，但它的内在气质却是冰清玉洁、骨骼清秀、高雅幽远；它不用浓妆艳抹去吸引人们驻足，而是在天地之间默默地散发清香。

这首诗题为"墨梅"，其实是述志之作。诗人将画格、诗格、人格三者浑然天成地融合到了一起。从字面上看，诗人是在赞美梅花，实际上诗人是在向人们说明自己的操守志趣。诗人赞美墨梅不求人夸，只愿给人留下清香的美德，实际上是在借梅自喻，表现自己淡泊名利的人生态度以及独善其身的品格。这首诗也是诗人对其人生的真实写照。王冕出身于贫寒之家，无钱读书，只好白天放牛，晚上借佛寺长明灯的灯光苦读，终于能诗善画。王冕虽然满腹经纶，但却屡试不第，又不愿攀附权贵，最终归隐浙东九里山，靠画画卖钱为生。

试想，王冕若是低头"摧眉折腰事权贵"，换得一官半职，谋得一身荣华，这样他的人生虽有万千珠宝，但却是俗不可耐的。正因王冕坚守了自己的底线，志存高远，即使归隐浙东九里山，靠作画换米过活，也要保持清白高洁，才在千秋万世留下一世芳名。王冕在做官与坚守之中，毫不犹豫地选择了坚守自身的高洁品性，即便物质清贫，但他的精神永远富足。

读完这首诗，王冕笔下的墨梅是否给你留下了深刻的印象呢？少年志存高远，你是否也会像墨梅一样留下一世清香，以高雅端庄的形象示人呢？

坚强意志

磨炼

石灰吟①

❖（明）于 谦

千锤万凿②出深山，
烈火焚烧若等闲③。
粉骨碎身浑④不怕，
要留清白⑤在人间⑥。

注释

①石灰吟：赞颂石灰。吟：吟颂，指古代诗歌体裁的
一种名称（古代诗歌的一种形式）。

②千锤万凿：无数次的锤击开凿，形容开采石灰
非常艰难。千、万为虚词，形容很多。锤：锤打。
凿：开凿。

③若等闲：好像很平常的事情。若：好像、
好似。等闲：平常、轻松。

④浑：一作"全"。

⑤清白：指石灰洁白的本色，又比喻高尚的节操。

⑥人间：人世间。

赏析

　　关于这首诗的背景，有一件很有意思的事呢。据说于谦 12 岁那年，有一天，他走到了一座石灰窑前，看见师傅们正在煅烧石灰。只见青黑色的山石，经过旺盛而猛烈的大火焚烧之后，都变成了白色的石灰。于谦深有触动，便写下了这首诗。

　　诗的前两句是说，经过千锤万凿从深山里开采出来的石头，熊熊烈火的焚烧在它的眼里都是很平常的事情。第一句是形容开采石灰石的不容易，第二句"烈火焚烧"指的是烧炼石灰石。"若等闲"三个字，又让读者感觉到诗人不仅写的是烧炼石灰石，它还象征着有些人无论面临怎样的考验、怎样的艰难险阻，始终从容不迫，将这些拦路虎都视为等闲之物。第三句中的"粉骨碎身"生动形象地写出了石灰石是怎样烧成石灰粉的。"浑不怕"三个字可以让我们感受到石头这种顽强的品质和不怕牺牲的精神。最后一句，写

　　的是要把高尚的节操留在人世间，这是诗人在直接抒写自己的理想和情怀，立志做一个襟怀坦白的人。

　　本诗是一首托物言志的诗，诗人采用了象征的手法，诗人表面上吟的是石灰，实际上却是在借物喻人，借助石灰来表达诗人的品质。全诗的笔法十分简洁精练，语言质朴自然，感染力极强。诗中所传达的那种顽强不屈、积极进取的人生态度和浩然正气给了我们许多启迪和激励。当我们在学习和生活中遇到困难时，就想想《石灰吟》吧！

高远的志向

小 松

❖（唐）杜荀鹤

自小刺头①深草里，
而今渐觉出蓬蒿②。
时人不识凌云木，
直待③凌云④始道⑤高。

注释

①刺头：指长满松针的小松树。

②蓬蒿：指蓬草、蒿草。

③直待：直等到。

④凌云：高耸入云。

⑤始道：才说。

赏析

　　描写松树的诗我们已经在前面学过了，主要是写松树刚劲挺拔，可是本诗却另辟蹊径，写的是小松树。那么，这会和我们以往印象中的松树有什么不同呢？

　　第一句，写小松树刚刚从土里钻出来，长得特别矮，就连路边的野草长得都比它高，所以它才会被淹没在"深草里"。因为它是个小矮个就代表它会十分弱小吗？并不是这样的，在"深草"的包围下，它绝不低头，而是"刺头"，一个劲地往上长啊长的。"刺"字一方面恰到好处地写出了小松树的外形特点，另一方面还把小松树那种顽强向上的性格活灵活现地勾勒出来了。小松树的"小"只是暂时的，在时间的推进中，它一定会长得很大很大的。第二句写小松树原本比很多野草都矮，可是它现在却比蓬蒿长得都高了。"出"字用得特别恰当，不仅显示出了小松树是怎样长大的，而且也起到了承上启下的作用。"出"上承"刺"，是"刺"的必然结果，"出"也下启"凌云"，是下面"凌云"的先兆。这里也可以得出一个道理：循序渐进是事物发展的规律，任何事物都不可能一蹴而就。所以，小松树的成长过程是"渐觉"。那么就请想一想，是谁"渐觉"小松树的成长呢？对了，就是那些关心小松树成长的人。最后两句诗人连说了两个"凌云"，分别指的是小松树和大松树。世人都知道大松树可以成材，可是当它幼小的时候，能识出它就是"凌云木"的人却很少。诗人在这里感叹，有多少小松树由于"时人不识"而被砍杀。

扬子江①

❖（宋）文天祥

几日随风北海②游，
回从③扬子大江头。
臣心一片磁针石④，
不指南方⑤不肯休。

注释

①扬子江：长江在南京一带称扬子江。

②北海：这里指北方。

③回从：曲意顺从。

④磁针石：指南针。

⑤南方：这里指南宋王朝。

赏析

　　我们在前面已经读过了一首文天祥写的诗，那首诗是他在被元军俘获押送途中所写。这首诗的创作背景是文天祥在被押北行途中逃脱了，随后他又去了南方，率兵抗击元军。这首诗是文天祥从北海经过长江口南下时而写的。

这首诗的前两句是记录行程，叙述了诗人从镇江逃脱，几经曲折回到长江口的经历。"北海游"指的就是绕道长江口以北的海域，第二句是指从长江口南归。我们虽然没有亲身经历，但从诗人的字里行间足以见当时的情况是多么艰险，诗人是克服了多大的困难才从敌人的手里逃脱掉。下面接着写诗人的心就像"磁针石"，不指向南方绝不罢休。这两句是在抒情，诗人用"磁针石"来比喻自己忠于南宋朝廷的一片丹心，并表示自己历经再多艰险、再多磨难，都会战胜它们，回到南方，再次起兵抗击敌人，重整山河。最后两句表现了诗人不辞艰难险阻，也要保护南宋朝廷，抗击敌人的决心。整首诗诗人运用了比兴的手法，又触景生情，写出了自己对南宋的忠贞之情，真实地反映了诗人对祖国的热爱之情和坚贞不屈的品格。

身处和平年代的我们，不需要像诗人一样上阵杀敌了。不过，爱国有很多种方式，比如爱护身边的花草树木、爱护身边的小动物、爱父母、爱家乡、关心国家大事、努力学习，等等，都是爱国的表现。

苔

❖（清）袁　枚

白日①不到处，青春恰自来。
苔花如米小，也学牡丹开。

注释

①白日：太阳。

赏析

　　苔藓多生长在阴暗潮湿的环境里，是一种比较微小、不太引人注目的植物。可它也有自己的生命，也许它还有自己的志向呢。苔藓在如此恶劣的环境中依旧能够生长，这是一种多么顽强向上的精神啊，这需要多么大的勇气啊。

　　第一句是说苔藓生长的地方连太阳都照不到，可就是这样一个不适合生命成长的地方，苔藓却长得绿意盎然，还能展示出自己的青春气息。那么这种青春气息是从哪里来的呢？再看第二句，诗人说了"青春恰自来"。"恰自来"就是指苔藓这顽强的创造力不是别人给的，而是自己创造出来的。它只有凭借着坚强的意志，才能打败恶劣的环境，让自己"青春"。在这样的环境下，苔藓想要活着就已经很不容易了，可是它还开花了。

后面两句写苔藓的花就像米粒那般大小，真是小得可怜啊，可是它竟然也学着牡丹开花。再小的花也是花啊，只要能够开花结果，就是生命的延续！所以这里的"也学牡丹开"，是苔藓的一种谦虚，也是它的一种骄傲。苔藓花虽然不能和倾国倾城的牡丹比，但牡丹是经过人们精心培育的，而苔藓花谁都不靠，只靠自己顽强的生命力和坚强的意志，就将花开了出来。这是一种多么令人感动的精神啊！

在生活中我们经常会看见苔藓，可是很少有人去了解它、观察它。很多人一定还不知道苔藓竟然也会开花呢！那么，等我们再看见苔藓的时候，一定要驻足看一看哪。

曹　操（155—220 年），字孟德，沛国谯县（今安徽省亳州市）人。东汉末年政治家、军事家、文学家。东汉末年，曹操挟天子以令诸侯，在逐步统一了中国北方之后，实施一系列有利于经济生产和社会发展的政策，使中原地区出现一派生机勃勃的繁荣景象。建安十八年（213 年），获封魏公，继而晋爵魏王。曹操去世后，其子曹丕称帝，追尊他为武皇帝，庙号太祖。曹操喜欢用诗歌、散文来抒发自己的政治抱负，反映民生疾苦，是魏晋文学的代表人物，开启并繁荣了建安文学，鲁迅赞之为"改造文章的祖师"。

龟虽寿（节选）

❖（汉）曹　操

神龟虽寿，犹有竟^①时；
螣蛇^②乘雾，终为土灰。
老骥^③伏枥^④，志在千里；
烈士^⑤暮年^⑥，壮心不已^⑦。

注释

①竟：终结，这里指死亡。

②螣（téng）蛇：一作"腾蛇"，是一种会腾云驾雾的蛇，一种神兽。
出自《山海经·中山经》。

③骥（jì）：良马，千里马。

④枥（lì）：马槽。

⑤烈士：有远大抱负的人。

⑥暮年：晚年。

⑦已：停止。

坚强意志

磨炼

赏析

　　你听过曹操的历史故事吗？时值东汉末年，战乱频仍，曹操就生于这乱世之中，他有着远大的志向和抱负，一心想要一统天下，结束战乱。写作本诗时曹操已经53岁了！在古代尤其是魏晋时期人的寿命是很短的。曹操回首自己的人生历程，不胜感慨。"我"曹操自起兵以来，虽小有成绩（战败吕布、袁绍及平定乌桓叛乱等），但天下仍未统一，战乱依旧不断，统一大业时不我待啊！"我"不能骄傲，满足于"我"的已有成绩，也不能感到疲惫，"我"要振奋精神，在有生之年誓要实现我的志向！"我"写下这首诗记录"我"当时的心情，并且自我激励。

　　人可以长生不老吗？不能啊！"我"听说有一种神龟可以通灵，能活几千岁，你羡慕它吗？它虽然长寿，生命终究会有结束的一天；"我"看过《山海经》，里面记载的腾蛇能腾云乘雾飞行，你羡慕它吗？但它终究也会死亡化为土灰。何况是人呢！人的生命是更为短暂的。

　　但试想一下，人的一生如果没有理想和志向，即使如神龟和螣蛇般长寿、逍遥，又有什么意义呢？终究是白来世上一遭！你看那千里马虽然年老体衰伏在马槽旁，却仍然雄心壮志想要驰骋千里；壮志凌云的人士即便到了晚年，奋发思进的心也永不止息。"我"曹操虽然已经53岁了，到了人生的晚年，但胸中仍然激荡着驰骋千里的豪情壮志。

　　读完这首诗，你是羡慕神龟和螣蛇那样长寿、逍遥，还是神往于千里马的驰骋千里呢？你是只愿做一个碌碌无为的人，还是想像曹操那样立志做一番事业，即使晚年也不改初心、依然执着于理想呢？

上李邕①

❖ （唐）李 白

大鹏一日同风起，扶摇②直上九万里。
假令③风歇时下来，犹能簸却④沧溟⑤水。
世人见我恒⑥殊调⑦，闻余⑧大言⑨皆冷笑。
宣父⑩犹能畏后生，丈夫⑪未可轻年少。

注释

①上：呈上。李邕（678—747年）：字泰和，广陵江都（今江苏省扬州市江都区）人，唐代书法家、文学家。

②摇：由下而上的大旋风。

③假令：假使，即使。

④簸却：激起。

⑤沧溟：大海。

⑥恒：常常。

⑦殊调：不同流俗的言行。

⑧余：我。

⑨大言：言谈自命不凡。

⑩宣父：孔子，唐太宗贞观十一年（637年）诏尊孔子为宣父。见《新唐书·礼乐志》。宋本"宣父"作"宣公"。

⑪丈夫：古代男子的通称，此指李邕。

赏析

　　这首诗写于李白游渝州去拜见李邕之时。他不拘泥于世俗的品格，使李邕感到不太高兴。而李白对李邕也有些不满，于是在与李邕辞别时写下了此诗来回敬他。这样的李白是不是有些可爱？让我们一起去瞧瞧他是怎样回敬李邕的吧。

　　诗的前四句说的都是大鹏，其实这是诗人的自比。大鹏是自由的象征，这也可以看出诗人想要自由自在高飞这一理想。诗中详尽地描写了大鹏起飞和下落的景象，这是在表现诗人自己直冲青云的志向和万丈豪情。第三、四句是说，就算是大风停下、大鹏落下，但在江湖上也会掀起很大的波澜。这里他将李邕比作大鹏乘借的大风。也就是说，他没有李邕的帮助，也

能成就一番事业。这里可以体现出李白的"狂"。诗的最后四句，是对李邕态度的回答，"世人"表面上说的是凡夫俗子，可实际上说的是李邕，"殊调"指的是不同凡响的言论。李白来之前没有想到，自己的"大言"竟会被李邕这样的名士所取笑。那么李邕与那些凡夫俗子又有什么区别呢？所以，最后一句李白就用孔子奖掖后生的故事来进行反击。这两句诗既是对李邕的讽刺，也是对他轻慢态度的一种回敬。从这里我们可以看出李白的胆识和本色。

李白在我们的印象中是侠义豪迈的天纵英才，在这里我们读到了一个不一样的李白。

南园①十三首（其五）

❖（唐）李 贺

男儿何不带吴钩②？
收取关山五十州③。
请君暂上④凌烟阁⑤，
若个⑥书生万户侯⑦？

注释

①南园：泛指诗人李贺昌谷故居以南一大片田畴平地。杨其群《李贺咏昌谷诸诗中专名考》谓："原"与"园"二字义可相通，凡李贺宅南"可种谷给食"的大片平地，均可称为"南原"，亦称"南园"。

②吴钩：一种头部呈弯钩状的佩刀。

③五十州：指当时被藩镇所占领割据的山东及河南、河北五十余州郡。

④暂上：一上，试上。

⑤凌烟阁：唐代旌表功臣的殿阁。贞观十七年（643年），唐太宗为表彰太原首义和秦府功臣，命阎立本绘长孙无忌等二十四人画像于凌烟阁。

⑥若个：哪个。

⑦万户侯：受封食邑达一万户的侯爵，借指高位厚禄。

赏析

唐朝诗人李贺，素有"诗鬼"之称，是与"诗圣"杜甫、"诗仙"李白、"诗佛"王维相齐名的唐代著名诗人。不过李贺命运多舛，久不得志。这首诗是李贺应进士试受挫回昌谷闲居时所写的。

这首诗由两个问句组成，第一个问句是自问，是说男子汉大丈夫为什么不腰带武器呢？读到这里，我们会生出这样的疑问，腰带武器是要干什么？咱们再往下看，原来是要去收复黄河南北被割据的关塞河山五十州。"带吴钩"指的是从军的行动，身佩军刀赶赴沙场，这是一种多么豪迈的气势！"收取关山"是从军的目的，现在正值山河破碎之际，诗人也渴望建功立业，报效国家。"取"字可以看出诗人的心情是多么的急迫啊！前面两句一气呵成，节奏十分快，将诗人那种昂扬的情绪和紧迫的心情完美地契合在了一起。再看最后两句，诗人又说了：请你暂且登上那凌烟阁去看一看，又有哪一个书生曾被封为食邑万户的列侯？这里用的是设问句而不是陈述句，进一步抒发了他怀才不遇的愤慨。这两句由前面的斗志激昂转变成了沉郁哀怨，这是反衬的写作手法。诗人把自己的复杂情绪融入诗歌里，更易于读者对诗歌主题的理解。

诗人空有一腔抱负却不得志，心中苦闷，但他依旧忧国忧民，这样的精神值得我们每一个人学习。

博大的胸怀

短歌行二首（其一）

❖（汉）曹　操

对酒当歌，人生几何①！譬如朝露，去日苦多。

慨当以慷②，忧思难忘。何以解忧？唯有杜康③。

青青子衿④，悠悠我心。但为君故，沉吟至今。

呦呦鹿鸣，食野之苹。我有嘉宾，鼓瑟吹笙。

明明如月，何时可掇⑤？忧从中来，不可断绝。

越陌度阡，枉用相存。契阔谈讌⑥，心念旧恩。

月明星稀，乌鹊南飞。绕树三匝⑦，何枝可依？

山不厌高，海不厌深。周公吐哺，天下归心。

注释

①几何：多少。

②慨当以慷：指宴会上的歌声激昂慷慨。当以：在这里并没有实际意义。

③杜康：相传是最早造酒的人，这里代指酒。

④青青子衿（jīn）：子：对对方的尊称。衿：古式的衣领。青衿：是周代读书人的服装，这里指代有学识的人。

⑤掇：拾取，摘取。

⑥讌：通"宴"或"讌"。

⑦三匝：三周。匝：周，圈。

　　曹操的《短歌行》有两首，这里选的是第一首。诗歌体现出曹操非凡的志向和博大的胸怀。

　　人生苦短，不能长久，如同朝露一般，逝去的日子已经太多了，因而美酒当前，更应该欣然咏歌。时光飞逝，而功业未成，"我"的内心充满了忧思。"何以解忧？唯有杜康"，用什么可以排遣内心的忧思呢？大概只有杜康酒吧！"杜康"在这里是酒的代称。

　　贤能之人啊，青青照人的是你衣领的颜色，悠悠不绝的是"我"内心的思念，正因为你的缘故，"我"至今还是念念不忘。鹿群在郊野吃草，诚恳相招呼，发出呦呦的叫声。假如有贵客来访，"我"也当备酒奏乐，热情真诚地款待。

　　人生短暂，转眼即过，唯有立功可以使自己不朽。立功除了自己本身具备的条件外，还有赖许多人才从旁协助，方能建立伟

大的功业，永垂青史。作为贤才的你们光明皎洁如同天上的皓月，不知何时才能获得，为此不禁内心生起忧思，难以驱遣。对于投奔"我"的贤才，"我"诚挚地欢迎。委屈你们辛苦地跋涉，不远千里前来投奔"我"，在宴会谈论间，宾主情投意合。

月明星稀，乌鹊向南而飞。绕着树木多次盘旋，何枝是可以栖息的呢？这里乌鹊即是贤才的化身。禽鸟当择木而栖，贤才也当择主而事。"我"对于贤才往南方而去不能为"我"所用而深感无奈和遗憾。

人才的获得，就需要当领袖的人虚怀若谷、礼贤下士、有博大的胸怀。山不满足它的高，海不满足它的深。周公能礼遇贤才，所以天下贤才都归附于他。所以"我"对于贤才也永不会感到满足。这里的"山""海""周公"都是诗人的自况，表现了诗人虚心接纳贤才，希望得到贤才以建立功业的心志。